光文社文庫

〈銀の鰊亭（にしんてい）〉の御挨拶

小路幸也

光　文　社

〈銀の鰊亭〉の御挨拶

目次

プロローグ

受ける大学はあそこだよ。

国立大学だけど学部はひとつしかなくて、商学部だけなんだ。

その中に学科はいろいろあるけどね。経営情報学科とか観光学科とか貿易マネジメント学科とかいろいろ。僕は経営情報学科にしようと思ってる。

うん、何を勉強するんだろうね。

まだよくわかっていないんだけど、経営に関することって世の中のどんなことにでも、何にでも通用するものだって思うんだよね。だから、そういうのを勉強してみようかなって考えたんだ。

僕は何にも得意なものがないし。

そうなんだよ。英語が得意だとか、スポーツができるとか、そんなのは全然ないんだよ。苦手なものもそんなにはないけど、得意なものもない。あんまり特長のないおもしろくないすっごく平均的な男子だよ。

花岡坂を登った丘の上にあるキャンパスもそんなに広くはないんだ。そう、僕の家のある町からは電車で、乗り換えの時間を入れると三時間か四時間掛かるから、受かったらここに引っ越そうって思ってるよ。

もちろん、知らない町じゃなかったんだよ。

ここには母さんの実家があって、祖父ちゃんと祖母ちゃんと、そして文さんが住んでいたんだから。

港町だよ。

そうだね、窓を開けてると潮の香りがしてくる。この病院も丘の上にあるからだね。っていうか、この町は港から上がるとほとんど全部坂道で山っていうか丘っていうか、上の方がほとんどだからね。平地なんか全然少ないって話だよ。小さな港町って日本中どこに行ってもそんな感じじゃないかな。

そう、文さんは、僕の母さんの妹だよ。

母さんの名前は桂沢綾。年は、えーと確か四十歳。

僕の父親である桂沢満と結婚したから、桂沢っていう名字になっている。覚えがないんだねそれも。

でも、そう聞かされるとしっくりくるって？

そうか、そんな感じなんだね。

文さんは、母さんとは十三歳も年の離れた姉妹で、僕とは十歳しか離れていない。まだもっと小さい頃に「叔母さんじゃなくて、文さんって呼ぶのよ」って何度も言われたのでそうしているんだよ。

文さん。

僕のことは光くんって呼んでいたよ。これからは光とか呼び捨てでも、どっちでも全然構わないけど。もちろん、母さんは結婚する前は青河綾だった。頭文字がA・Aだって密かに喜んでいたんだって。

性格も見た目も、姉妹なのに全然違うかな。

母さんが、ちなみに僕の父さんもなんだけど、ものすごい天然パーマで髪の毛はくりくりで、当然僕もこんなふうにくりくりになってしまっているんだけど、文さんは、ほら、きれいなストレートヘアだろう？

母さんは小さい頃から、文さんのストレートの髪の毛が羨ましくてしょうがなかったって言っていたよ。

母さんが何をするにしてもわりとのんびりスローなのに、文さんはいろいろとせっかちなんだって。祖父ちゃんと祖母ちゃん、つまり母さんと文さんの親は、その性格の違いは、母さんは祖母ちゃんに似て、文さんは祖父ちゃんに似たんだろうって言っていた。

祖父ちゃんと祖母ちゃんの髪の毛？

どうかなぁ。祖父ちゃんは僕が気づいたときにはもう毛が薄くなっていたし、祖母ちゃんは普通にストレートヘアだったのかな。パーマとかかけていたのかもしれないし。昔の写真を見ればわかると思うけど。

家に残っていると思う。

全部が焼けたわけじゃないからね。焼けてなくなってしまったのは、ほんの一部だから。ほんの一部でも小さな家ぐらいはあるんだけど。

広いよ。本当に広い敷地と大きな家。

小さい頃はただ広い家だってことで喜んで駆け回っていた。遊びに行ったのは年に一回、お正月ぐらいだったけど。

小学校の高学年ぐらいになって世の中のことがいろいろわかってくると、文さんの家、母さんの実家である〈青河家〉はめちゃくちゃスゴイ家だったんだってことがわかってきた。

その昔は〈青河邸(てい)〉って呼ばれていたらしい。

「青河邸？」

「そう。邸宅だから、〈青河邸〉ね」

「邸宅なのね」

邸宅なんだよ。本当にスゴイ邸宅なんだ。

「今は、商売をやっているのよね」

「それは覚えていたの？」

「覚えていたんじゃなくて、そう聞かされたら何となく納得できたの。肌で感じたっていうか」

「肌で感じた？」

「そう聞かされても違和感がないっていうのかな」

そうなんだ。商売をやっていた。いや、今も、これからもやっていくんだろうけれど。〈銀の鰊亭〉っていう名前がついている高級な料亭旅館だよ。

鰊はわかる？　そういう知識は忘れていないんだね。芸能人の名前とかは？　覚えてないのか。

文さんは緒形拳さんっていう俳優さんが大好きだったよ。後で緒形拳さんが出ていたドラマや映画を観たら思い出すかもね。

明治の話らしいけど、ここは鰊が山ほど獲れた漁港で、文さんの家である〈青河家〉はすごく大きな網元だったらしい。

網元ってわかる？　うん、この港町でいちばんの有力者だったらしいよ。大昔の話だけどね。それで、丘の上のものすごく広い敷地に豪勢な日本家屋を建てた。それは全部鰊で儲けて建てたものだったらしいね。

〈青河邸〉には、昔は使用人とか含めて三十人ぐらいの人が住んでいたって話だよ。すごいよね三十人って。そりゃあ家が広くないと全員は住めないよね。そうだよ、母さんも文さんも世が世ならお嬢様だったんだって。

鰊が獲れなくなってからは、邸宅の一部を〈料亭旅館〉にして、一日に何組かしか泊まれない、客数限定の高級旅館をやっていたんだって。それも一時期はかなり儲かっていたらしいね。あのバブルの頃？　それも聞いた話なんだけど。

本当に広くて、たぶん僕はまだ〈青河邸〉の全部の部屋を回ったことないと思う。そうだよ、それぐらい本当に広いんだ。使ってない部屋もたくさんあったしね。開かずの間みたいなところもあったようだよ。

掃除も大変だと思うけど、今は従業員も少ないからほとんど使っていない部屋もたくさんあって、掃除は年に一回か二回か業者を使ってやっているとか聞いた。

火事になったところは、全部燃えちゃったけどしっかり復元されるって。〈別邸〉って呼ばれていた〈月舟屋（つきふなや）〉っていう建物。

〈銀の鰊亭〉は歴史的にもすごく貴重な建物で、実は北海道の重要文化財でもあるんだ。だから保険とかもしっかり入っていて、元通りに復元されるそうだよ。実際燃えたのは本当に一部分だったからね。家の面積で言えば全体の十三分の一程度。

放火じゃないよ。出火の原因は漏電（ろうでん）だって結論が出ているから。

心配ないって。

文さんが元気になったら、営業を再開できるように板前の二瓶さんって人がちゃんと準備して待っているって。

そう、二瓶仁さんね。

祖父ちゃん祖母ちゃんが死んじゃったから、〈青河家〉を継ぐのは文さんしかいないんだ。

まぁ法的な話をするなら母さんにもたぶん僕にも権利はあるんだろうけど、そんなのはどうでもいいから。

うん。

文さんが、元気になってくれればいいんだって、母さんも言っていた。

何も思い出せないからって、焦る必要はないから。

僕のことを思い出しているんだから、そのうちに全部記憶も戻ってくるよ。

ゆっくり、元気になればいいと思うよ。

第一章

火事見舞の〈篠崎様〉

1

十歳年の離れている叔母さん、文さんが火事に巻き込まれたのはほぼ一年前。

僕が高三になった春のことだ。

火事になったのは文さんが親と、つまり僕の祖父ちゃんと祖母ちゃんと暮らしていた家で、悲しいことに二人ともその火事で死んでしまった。

助かったのは、家族で言うと文さんだけだったんだ。

僕は葬式っていうものに初めて出た。

本当に大きな、盛大な葬式だったらしい。初めての葬式だったから、どれぐらいの規模を盛大っていうのかよくわからなかったけど、町中の人が来たんじゃないかっていうぐらいに本当にたくさんの人が弔問に来ていた。

それだけ文さんの家、〈青河家〉はこの町では有名な家だったんだ。祖父ちゃんは名士と言ってもいいぐらいだったそうだ。

祖父ちゃんも祖母ちゃんも、たった一人の孫である僕をとても可愛がってくれていたと思う。遊びに行くといつもニコニコして僕を迎えてくれた。

二人ともいつも和服だった。だから、小さい頃の僕は祖父母というものは常に和服を着ているものだっていうイメージがあった。他の家では和服を着ていない祖父母がほとんどだっていうのは随分後になって知ったぐらいだ。

遺影になっている写真の祖父ちゃん祖母ちゃんの笑顔を見ても涙は出てこなかったけれども、もう会えないんだと思うとやっぱり淋しかった。人の死というものをはっきり意識したのもそのときかもしれない。

何よりも、身内として葬儀の手順というものを間近に見られて、何だかいろいろわかってしまって、大げさだけど社会のあり方みたいなものも意識した。高校生で今更(いまさら)かよって言われるかもしれないけどね。

棺桶の中の祖父ちゃん祖母ちゃんの遺体は、誰も見ることができなかった。何せ、言い方は本当に申し訳ないけれど黒焦げになっていたらしいから。

火葬場で焼く前にもう焼けちまったのか、っていうのは知らない誰かが葬儀会場の喫煙スペースで言っていたブラックジョークだった。たまたま通りかかった孫である僕はそれを聞いてしまったんだけど、怒る前に上手(うま)いこと言うなって思ってしまった。

でも、火葬場で焼かれた祖父ちゃん祖母ちゃんはちゃんと骨になって出てきた。それは親戚の誰かが小声で言っていたんだけどね。火事で焼かれても、もう一回ちゃんと焼けるものなんだなって。

後で聞いたけれど、真っ黒焦げというのは誇張でも何でもなく、人の形のまま表面だけが真っ黒焦げになっていた遺体だったそうだ。

運良く助かった叔母の文さんだけど、ほぼ一年間病院で入院生活を送ることになった。

祖父祖母を助けようとして燃え盛る家の中に飛び込んでいって煙に巻かれて、そして崩れ落ちてきた家の柱がぶつかってきて大怪我をしたせいだ。

何よりも、文さんは、記憶をほとんど失っていたんだ。

記憶障害を起こしてしまっていた。

目覚めたときに、どうして自分が怪我や火傷を負っているのか、病院にいるのか、そもそも自分が誰なのかも覚えていなかった。親の名前も、何もかも。

唯一覚えていた身内の名前が〈光〉だった。

そう、たった一人の甥っ子である僕の名前。

仲良しの実の姉の、つまり僕の母さんのことも何も覚えていなかった。

どうして僕の名前だけを覚えていたのかは、さっぱりわからない。

お医者さんの話では、記憶障害を起こしているとわかって、「ご家族のことを覚えていますか？」って訊いたら「光が、甥です」ってそれだけははっきり答えたそうだ。自分でも何故それだけ覚えているのかは全然わからないけどって。

とにかく叔母さんは、文さんは僕以外の身内のことを何にも覚えていなかった。そして僕のこともまだ小学生ぐらいだって思っていたし、自分のこともかなり若いつもりでいたようだ。そのとき文さんはもう二十七歳だったけど、自分では十五、六歳ぐらいの感覚だったらしい。今はかなり現実の年齢の感覚に戻ってきたみたいだけど。

逆行性とか何とかいろいろ教えてもらったけど、要するにそういうものらしい。

おおまかな、そして一般的な知識とか記憶はあるんだ。

たとえばみそ汁の作り方とか、動物の名前とか、花の名前とか、そういう知識はしっかりある。

でも、自分は日本人で女性だっていうのはわかっているのに、自分の家がどこの町にあるのかは覚えていないし自分の家族の記憶もまったくない。自分がどこで何をして生きてきたのか、まるっきり覚えていない。

それでも、僕という存在だけを覚えていた。

文さんと僕が特別仲良しだったってことは、ない。

もちろん仲良しというか、文さんはたった一人の甥っ子である僕を可愛がってくれていたけれど、二人きりで長い間過ごしたとか二人だけの秘密の思い出があるとか、そういうのはまるでない。僕の記憶では、一年に二回か三回か四回会うぐらいの、きっとごくごく普通の〈叔母と甥っ子〉の関係だ。

それなのに、僕の名前だけを覚えていた。

そして、文さんは、僕が教える文さんの〈記憶〉についてだけは何となく理解できるんだ。

文さんが言うには、〈しっくり来る〉とか、〈肌で感じ取れる〉っていう感覚らしいんだけど。

だから、僕の母さんは文さんのお姉さんだよって教えたら文さんは「あぁなるほど」って納得できた。母さんとのことは全然思い出せないんだけど、母さんが姉だっていうのはそう言われたら納得できるって感じらしい。

文さんは頭を打っていたし、煙に巻かれて呼吸困難になって脳に酸素がいかなかったのもあるかもしれないって話だけど、実際のところは医者にもよくわからないようだ。何せ人間の脳ってやつは複雑でややこしいのだから。まだ全然解明できていない部分もたくさんある、らしい。

だから、記憶もある日突然戻るかもしれないし、戻らないかもしれない。

火事が起こったときに高校三年生だった僕は、この春に大学生になった。

あたりまえだけど、こんな事態を想定したわけでも狙ったわけでも何でもなく、文さんが住んでいた町に受かった大学はあった。

そして、僕の入学する時期に合わせたように、文さんは退院できることになった。なった、というより、もう退院して普通の生活をした方がいいってことらしい。

「文と一緒に住んでくれたら、嬉しいんだけど」

母さんにそう言われて、僕は素直に頷いた。

「いいよ」

〈青河邸〉から大学まではけっこう離れていて、ＪＲとバスを乗り継がなきゃならない。しかも〈青河邸〉からＪＲの駅までもかなりの距離があるんだけど、何とかなる。自転車もあるだろうし、車の免許もこの春休みに取った。さすがに車での通学は無理だろうけど、スクーターで走ってもいいんじゃないかって思う。

自分で言うのも何だけど一通りの家事はできる使える男だ。文叔母さんの記憶を戻す手伝いができるんじゃないかって思う。

何よりもそれは、ひょっとしたらなんだけど、〈殺人事件〉を解決することになるんじゃないかってことなんだ。

火事になった母さんの実家〈銀の鰊亭〉からは、焼死体が四体発見されていた。

そう、四体なんだ。

祖父ちゃんと祖母ちゃんの他にもう二体あった。

四人の遺体があることは記事にはなっているけれど、警察関係者しか知らない事実がある。

その二体の焼死体のうち、一体には、刃物で刺された傷があったんだ。

☆

僕が〈青河邸〉に住んで大学に通うことを決めた日の夜に、父さんが僕の部屋にやってきて言った。

「細かい話をしてもややこしくなるだけだから、シンプルに話をする」

父さんは、家にいるときの父親の顔じゃなく、仕事をしているときの顔をしていた。〈桂沢満弁護士〉だ。

「うん」

「父さんは弁護士だ」

「そうだね」

真面目な話をするのはわかっていたから、素直に頷いた。

「もしも、文さんに何かあれば、父さんが弁護につこうと思っている。そして、全力で文さんを守るつもりでいる。弁護士としては当然だが、義理の兄としてもだ」

「何かあるかもしれないんだね？」

それはずっと感じていた。何せ身元不明の遺体があったんだから。そして刑事さんがうちにも何度も話を聞きに来ていたんだから。

「〈青河邸〉の火事では、身元不明の焼死体が二体あった」

「あったね」

父さんが渋い顔をしながら頷いた。

「とにかく身元を確認できるものが何もないので、〈行旅死亡人〉として火葬されて引き取り手を待っている」

「〈こうりょしぼうにん〉？　って？」

「たとえば行き倒れで身元がわからなくて遺体の引き取り手もない人のことをそう呼ぶんだ。官報や警察のサイトにも情報が載る」

「載るんだ」

「〈青河邸〉の二体も載っているけれど、いまだに引き取り手も、そして届け出もない」

「歯型は？」

「よく知ってるな」

「それぐらい、常識」

僕は読書家だ。ミステリもよく読む。それに読書家じゃなくたって、震災や何かで見つかった身元不明の遺体は歯型で身元を確かめることぐらいは、きっと日本中の人が知っている。

「あの火事があった日に〈銀の鰊亭〉に来たお客さんは一組だけで、それは予約リストでわかっている。その人たちは火事に巻き込まれることもなく無事だったのもわかっている。もちろん、従業員も全員そうだ。そしてあの町に住んでいる人たちで行方不明になっている人はいなかった。つまり、今現在もあの二体の焼死体はどこに住んでいたかもまったくわからないご遺体なんだ。全国の歯科医院にある歯型がデータベース化されているのならともかく、されていない」

「されていないんだ」

それは知らなかった。父さんが難しい顔をして頷いた。

「歯型のカルテというのは、日本国内ほぼ全部、紙ベースのデータと言ってもかまわないぐらいだ。だから、とんでもなく時間が掛かる。実際のところ、一年近く掛かってもまだわかっていない。判明したのはあの町の歯科医院にあったデータとは一致しなかったというところまでだ。知人かもしれないという届け出も一切ない。正直なところ、このまま身元不明の死体ってことで終わってしまいそうな勢いだ」

「でも、終わらないんでしょう？　だから、僕に言うんだよね？」

「その通りだ。お前は学校の成績はそこそこだけど、そういうところは聡明だよね」

「褒めるかけなすかどっちかにしてよ」

「自分の息子をけなす父親がどこにいる。褒めているんだ。父さんはお前のことを全面的に信頼している」

「ありがとう。それで？　あの火事で隠されている事実って何なの？」

父さんが、少し息を吐いた。

「内緒の話だ。内緒というより、極秘事項だ」

「極秘」

「誰にも言うな。母さんにもだ」

「母さんも知らないの？」

「知らない。様々な事情を勘案して父さんは身内である弁護士として話を聞かされた。そして、この情報をお前に伝えることも、担当の磯貝という刑事さんは承知している」

「責任重大だね」

その通りだ、って父さんは頷いた。

「男性の腹部に、鋭利な刃物で刺された痕があった。少なくとも火事で丸焼けになる前に刺されたであろうと推定された傷だ」

思わず「わお」って言ってしまった。

「まったくびっくりだ。ついでに言えば、ご遺体は男女だ。年齢は推定でしかないが四十代から六十代。身長はこれも推定値だが男性は一七〇から一七五センチ、女性は一五〇から一五五センチ。目立つ身体的な特徴も手がかりになるような手術痕も治療痕も何もなかった。その刺し傷以外はな」

「刃物の種類は？」

「鋭利な刃物というだけで、特定できていない。何せ傷口も焼けてしまっていたからな。ただし、それが致命傷になるというものではなかったそうだ」

「刃物はあったの？」

見つかっていない、って父さんが言う。

「何もなかったんだ」

「その傷が、その男性の直接の死因じゃないんだね？」

父さんが頷いた。

「直接の死因は逃げ遅れたことによる一酸化炭素中毒であることは間違いない。ただし」

「その刺し傷が逃げ遅れた原因になった可能性はあるってことね」

そういうことだ、って父さんが頷いた。

「文さんが、疑われている？」

訊いたら、父さんが思いっ切り顔を顰めた。

「困っているのは警察だ」

「判断がつかないってこと？」

大きく頷いた。

「まず、そもそも火事の原因は漏電だ。それははっきりと消防の方からも見解が出ている。つまり、事故だ。そして文さんの家族には何の問題もなかった。お義父さんもお義母さんも人格者であり、あの町では有名人だ。敵なんかいなかった。そして、何故四人があの〈月舟屋〉にいたのか誰もわからないし、何をしていたのかもわからない。つまり」

「何にもわからないんだ」

「その通り。火事を発見して通報したのは従業員の仁さんだ。文さんは中にお義父さんお義母さんがいると知って助けようと火の中に飛び込んでいった勇敢な娘さんだ。しかし、火事の前に文さんが家のどこにいて何をしていたのかわかる人は誰もいない」

「本人も覚えていない」

そうだ、って父さんは頷いた。

「そして、記憶障害そのものも、警察は疑おうと思えば疑える」

☆

光坊ちゃん、って仁さんは僕を呼んだ。

「坊ちゃんは、どうなんでしょうか」

そう言ったら仁さんはほんの少し微笑(ほほえ)んで首を傾(かし)げた。

「小さい頃からそう呼んでいやしたからね。お嫌(いや)ですかい」

「嫌じゃあないけど、くすぐったい」

文さんが退院して〈青河邸〉に戻ってくる三日前に、僕は引っ越してきた。三月の終りだ。入学式は四月。その前に少しでもこの家に慣れておこうと思っていた。

仁さんはもう五十年ほどもここで、〈銀の鰊亭〉で働いている板前さんだ。

祖父ちゃんの前の代、僕のひい祖父ちゃんの代からずっと働いていて、そして〈青河邸〉に住み込んでいる。昔は十人以上がいたっていうけど、今も住み込みで働いているのは仁さんだけなんだ。後は全員通いの従業員。数もそんなに多くはない。昔から働いている人たちが三人だけ。

「まぁ私にしたらいつまでも光坊ちゃんですよ。綾お嬢さんの息子さんなんですからね」

そうなんだけどね。

母さんも、そして文さんも、従業員の皆からは〈お嬢さん〉って呼ばれている。二人が揃っているときには綾お嬢さんと文お嬢さんだ。母さんはこの家を出てからもう長いけどいまだに綾お嬢さんだ。

〈青河邸〉は、たとえばドローンを飛ばして上から見たら、丘の上で白鳥が町に向かって羽を広げているような形になっている。

くちばしの部分が〈銀の鰊亭〉の入口になっていて、頭の部分にお客さんが食事をする和室も、宿泊できる部屋も全部まとまっている。そこには日本庭園もあるし完全に〈料亭旅館〉だ。

首の部分には厨房やら従業員の部屋やらお風呂やら、そういうものがまとまっている。そして両翼と胴体の部分が母屋で、そこが〈青河邸〉って呼ばれている部分だ。

その昔は住んでいる人がたくさんいたから部屋もものすごくいっぱいあるし、台所やら大きな風呂やらもあるけど、今ではほとんど使われていない。

火事のあった〈月舟屋〉なんかの〈別邸〉って呼ばれるところは、脚の部分だ。母屋から離れていてその他に〈陽光屋〉とか〈星林屋〉とか五つの別邸がある。

「〈星林屋〉などは一人で過ごすのにちょうどいいですがね」

どこの部屋を使ってもいい、なんて言われたけど、普段仁さんたちがいる〈銀の鰊亭〉から、脚の部分の〈別邸〉までは歩いたら三分ぐらいは掛かるんじゃないかって思う。本当にマジで広過ぎる。

「淋し過ぎるよ」

一人でポツンとそこにいるのもつらい。何よりも、学校に行っているときはしょうがないとしても、ここにいるときには、僕は文さんとできるだけ一緒にいた方がいいんだ。そしていろんな話をしなきゃならない。文さんが記憶を全部取り戻せるように。

なので、普段文さんが暮らしていた母屋の〈青河邸〉の部分、白鳥の首から胴体になるところで〈銀の鰊亭〉からすぐの部屋にした。

文さんの部屋の隣だ。

隣り合った和室だけど、お互いの部屋はちゃんと壁で仕切られているし入口も反対側だからプライバシーは保たれる。一人暮らしをするときに必要な冷蔵庫とかそういう生活用品を揃える必要はまったくなかった。

ご飯は全部仁さんたちが作ってくれるって言うし、もちろん洗濯とか掃除は自分でするけれど、そういうものはちゃんと家に揃っているので自由に使っていい。机も元々あっためっちゃ渋いまるで昔の社長が使っているような木製の机を貰った。布団だって旅館なんだからたくさんある。

だから、僕は自分の服とかを持ってくるだけの引っ越しだった。服だって全部持ってくる必要はなくて当面は春夏ものだけあればいいんだから、ボストンバッグひとつで済んでしまう。

あっという間に終わってしまった。

母さんは、文さんの退院に合わせて来て、二、三日はここで過ごすって言っていた。文さんの退院に合わせて営業を再開する〈銀の鯱亭〉の様子も見るらしい。記憶を失った文さんがちゃんとできるかどうかも含めて。

「もう予約は入っているんだよね？」

〈銀の鯱亭〉の厨房の隣には従業員の人たちの部屋がある。古ぼけた革のソファがあったり壁にはひい祖父ちゃんやひいひい祖父ちゃんの写真とかが飾ってあって、ザ・昭和な雰囲気の部屋。仁さんは普段はそこで過ごしてる。

訊いたら、仁さんは頷いた。

「既に半年先まで入ってますぜ。皆さん、お待ちかねでしたからね」

「予約って、誰が受けるの？」

「今は、私が受けていますよ」

仁さんは板前さんだけど、そういうこともしているらしい。

「文さんは、どんな仕事をしていたの？」

「それこそ、若女将ですね」

祖父ちゃんと祖母ちゃんがやっていたんだから、当然女将さんは祖母ちゃんだった。祖父ちゃんは社長としてマネージメントを全部やっていた。

一緒に住んでいた文さんは、若女将として働いていた。

「若女将とはいえ、一日最大で三組しか予約は受け付けやせん。宿泊は二組のみ。ですから、仕事自体はそんなになかったんですよ。必ずやらなきゃならないのは〈御挨拶〉ですね」

「〈御挨拶〉」

あれか。

「襖を開けて、失礼します、って」

そうですそうです、って仁さんがにっこりして頷いた。

「それは、若女将の仕事でした」

「じゃあ」

退院してきた文さんは、さっそくその仕事をしなきゃならないんだ。

「最初のお客さんは？」

仁さんが頷いた。

「一週間後の日曜日ですね。〈篠崎様〉です」

「〈篠崎様〉」

「常連さんです。会社の社長さんですが、火事見舞も兼ねているんでしょう」

その人が、文さんの退院後の、最初の〈御挨拶〉の相手なんだ。

2

今までその疑問が頭に浮かばなかったのを責められることはないと思う。

祖父ちゃんと祖母ちゃんの家の経済状態がどういうふうになっているか、なんてことを考えて確かめようとする孫は、普通はそんなにはいないだろう。僕はごく普通の家庭に育った子供だ。何か特別な事件でも、それこそ祖父母が突然死んでしまわない限りは考えたりしないんじゃないか。

でも特別な事件が起こってしまって、自分の身に降り掛かってしまって、そして祖父母の遺した家で暮らし始めた僕が最初に考えたのはまさにそこだった。

〈青河邸〉はものすごい邸宅だ。

そして〈銀の鰊亭〉と名付けた、邸宅の一部である料亭旅館も立派だ。

そこの料理も、僕は食べたことはないけれども、ものすごく美味しいらしい。最高級の食材を使って日本でも指折りと言われる最高の腕を持つ板前である仁さんが、ものすごい料理を作っている、らしい。

あくまでも、らしいだ。僕は仁さんの作る普段の料理を食べたことはあっても、もちろん美味しかったけれど、お客様に出すようなきちんとしたものは食べたことない。でもきっと美味しいはずだ。

ググってみると〈青河邸〉に関しては歴史的な建造物で重要文化財ってことでＷｉｋｉにも載ってるけど、いつも一般に開放しているわけじゃない個人宅なのでそんなに詳しいことは書かれていない。

そして〈銀の鰊亭〉のことはほとんど出てこない。このネット全盛の時代にも拘らず。

文さんの様子を見るために〈青河邸〉に、つまり自分の実家に帰ってきた母さんに訊いてみたら、それはそうよ、ってうっすらと微笑んだ。

「お客様は全国の、それこそ本当の意味でセレブな方ばかりだから。そういう方々はネットにそんなのをあんまり書き込まないでしょう？」

確かにそうか。ネットに溢れる情報とは別のものをセレブな方々は共有しているのかもしれない。

「でもさ、収入って、どうなってるの？」

これだけの邸宅を維持するだけでも大変なはずだ。それに従業員の給料だってある。〈銀の鰊亭〉での一晩の食事代はひょっとしたら十何万もするのかもしれない。一泊したら何十万も取られるのかもしれない。それにしたって毎日お客様がいるわけでもないだろうし。

そこのところを僕は今まで何にも知らなかった。というか、興味がなかった。母さんは、うん、と頷いた。

「〈銀の鰊亭〉での収入はそれこそとんとん、ってところね。そんなに儲かっているわけじゃないわ。むしろ商売としては赤字と言ってもいいかもしれないわね。皆のお給料を払ったらほとんど残らないのだから」

「そうなんだ」

「そうなの。青河家の主な収入は不動産収入よ」

「不動産？」

「自分の土地をたくさん所有してそれを貸しているのね。その収入で、家の維持費やお祖父ちゃんお祖母ちゃんの生活費を捻出していたの。あなたがお祖父ちゃんお祖母ちゃんに貫っていたお年玉もそうなのよ」

なるほど。母さんはほんの少し顔を顰めた。

「あまり知られたくないから、言いふらさないでね」

「言わないよ」

子供じゃないんだから。いやあなたの子供だけど。

「たとえばね、駅前の土地なんてほとんどが青河家所有のものなの」

「へぇ！」

そうだったのか。それは本当にまったく知らなかった。

「それは、あれ？　網元とかだった、ものすごく儲かっていた時代に全部買いまくったとかそういう話？」

うーん、って母さんは唸った。

「たぶんそうなんだろうけど、詳しい経緯はわからないのよ。何たって戦前の話だから。戦前って言うのは、あれよ、第二次世界大戦じゃないわよ」

「え、じゃあ第一次世界大戦ってこと？」

「そうよ。だってこの家が建てられたのは明治の終わりなんですからね」

「マジ？」

そんなに古かったのかこの家。いやそう言われれば頷けるけど。とにかく寒いんだこの家。

冬なんかストーブのない部屋は完全に外気温と一緒だったんだから。

「こんな田舎町だから、不動産の収入といってもそんなすごいことにはなっていないけれど、それでもここを維持して、〈銀の鰊亭〉の赤字を補塡するぐらいは何とかなっているかな」

「赤字になるんだやっぱり」

「なるわよ」

母さんが唇を少し曲げた。

「いい機会だから、はっきり教えておくけどね」

「うん」

「〈銀の鰊亭〉は、私のお祖父ちゃん、あなたのひいお祖父さんの時代でも既に〈道楽〉になっていたのよ」

そんな気はしていた。母さんは溜息をついた。

「文が元気になってくれたら、その辺も含めてこれからどうしようかを話し合おうとは思っているんだけどね」

「そっか」

それはつまり。

「〈銀の鰊亭〉を閉めたり、土地ごと売っちゃったりすることも母さんは考えている、ってこと？」

「誤解しないでね」

ぴしゃり、って感じで母さんは言った。

「私はもうこの家を出てお嫁に行った身だから、ここを整理してお金をもらう財産分与なんて浅ましいことは考えてないわよ。文がここを継いでくれるんなら、もっと別の形態にして商売を続けるのもそれはそれでいいし、処分しちゃってもいいし。文の人生なんだからね。でもね」

「記憶がないってことは、それを決める足掛り（あしがかり）というか、そういうものも文さんの中にないってことだよね」

そうなのよ、って母さんは心配そうに溜息をついた。僕だってわかってる。母さんと文さんは仲の良い姉妹なんだ。十歳以上年が違うから本当に可愛がってきたんだって誰もが言ってる。

でも、文さんにはその記憶もないんだ。だから、母さんも本当に心配している。困っている。

「僕は、その辺はどうしたらいいのかな。心積もりというか」

そう言ったら、母さんは微笑んだ。

「あなたは、余計な心配はしないでいいのよ。今まで通り、文と仲良く過ごしてちょうだい」

「できる範囲で一緒に過ごすんだよね」

「そう。本当にできる範囲でいいんですからね。あなたも新しい生活、大学生としての暮らしが始まるんだから、そっちを優先していいんだから。お友達ができたのなら、文のことは気にしないで遊んできたりしていいのよ。あ、もちろん勉強はちゃんとしてね」

もちろん、学業優先にはするつもりだけど。

「そうそう」

「なに？」

「もしも遊ぶお金が欲しくて、バイトがしたくなったらね。〈銀の鰊亭〉でしてちょうだいな。バイト代を出すぐらいの余裕はあるから、一石二鳥になると思うんだけど」

あ、その通りですね。我が家だってお金持ちじゃないから、自分の遊ぶお金は自分で稼げ、ですよね。

文さんはずっと病院にいたわけじゃない。これまでも何度か家には帰ってきていたんだ。帰ってきて、そして仁さんや他の従業員の人たちと会って話をして、自分の記憶をいろいろ確かめていたんだ。

記憶は、戻っていない。でも、身体が覚えている。家の間取りなんかや自分がやってきたことは身体が覚えているらしくて、それで何となくしっくり来る。納得できる。

でも、何か精神的な負担があったのか、何日か過ごすと熱を出したり具合が悪くなったりしたらしい。

無理ないよね。お父さんとお母さんが自分の眼の前で炎の中で死んでしまったんだ。そして自分はそのことさえ覚えていないって言うんだから、具合が悪くならない方がおかしいと思う。

それで、病院と〈青河邸〉を行ったり来たりして、少しずつそういうショックのようなものが薄らぐように、良くなるようにしてきた。

もう大丈夫かな、と、本人も自信がついて退院することにした。そして、仕事も再開することにした。

記憶については、よっぽどのことがない限り訊かないでおこうと母さんも仁さんも言っていた。家の中のことや仕事のことは、病院と行ったり来たりしている間に確認してきて、無理なく過ごしていけるだろうと本人も納得して帰ってくる。

文さんは、僕の中では元気で強くて、そしていろんなおもしろい話をしてくれる叔母さんだった。つまり、活発で頭のよく回る女性だ。

それは、変わっていなかった。

退院してきて、母さんと三人で何日か一緒に過ごした。普通にご飯を食べて、買い物をして、これからのことをあれこれと話しているときもそうだった。

文さんはよく笑った。僕の高校時代の話なんかを聞きたがった。さしておもしろくもない学校生活だったんだけど、興味津々って感じで聞いていた。

　この家で母さんと姉妹だった頃の話も、アルバムを見ながら話した。それについても文さんはしっかり聞いていたけど、やっぱり自分の中の記憶としては戻ってこなかった。ただ、納得できたって。しっくり来る、って言うんだ。それが自分の生きてきた生活なんだって信じられるって。母さんのことも、お姉さんだって思えるって。

「やっていけると思うわ」

にいっ、と文さんは笑うんだ。口角が上がって唇が三日月みたいになる。母さんとは似ていない大きな丸い黒眼がちな瞳がきらきらするような感じ。

　自分の母親のことも含めてそう言ってしまうのはちょっとあれだけど、美人姉妹だと思うんだ。母さんは雰囲気もおっとりした清楚な感じの和風の美人。文さんは瞳も大きくて可愛らしさのある美人。

　二十八歳になる文さんが今まで独身なのはどうしてなのかってちょっと思ってしまったけど、本人は覚えていないんだろうし母さんに訊くのも忘れていた。まぁ今はそういうことを気にする時代でもないだろうし。

　母さんは、文さんが以前と変わっていないって安心していた。もちろん記憶が戻っていないっていう不安はあるけれど、それを文さんは感じさせなかった。

母さんが家に帰る日の朝、呼んだタクシーに乗り込んで手を振る母さんに、文さんと二人で並んで手を振って、戻ってきて玄関を閉めた。

さて、って感じで二人で顔を見合わせたんだ。それはごく自然に。

文さんは急に身体をくるりと回して、僕の眼の前に立って大きな眼をさらに大きく丸くさせて二歩、近づいてきた。僕の肩に両手を伸ばして、軽く摑んで下に押す。何かと思ったけど、しゃがめってことかと思って膝を少し折ると、そのまま僕の耳の辺りまで自分の頭を持ってきた。

「なになに？」

ちょっと驚いてそう言った。文さんは僕の匂いを嗅いでいるような感じで、そしてその通りだった。

匂いを嗅いだんだ。何をするんだ、と思ったけど、すぐに身体を離して、にいっ、と笑った。

「光くん、こんな匂いしていたんだね」

「匂い？」

思わず自分の腕とかシャツとかの匂いを嗅いでしまった。

「何か、臭い？」

文さんは、ふふっ、て声を出して笑った。

「あのね、言っておきたいことがあるの」

「なに？」

「私ね、光くんの子供の頃の顔や姿を覚えていたのよ」

それは聞いた。病院で意識を取り戻して、家族について訊かれたときに、子供の頃の僕の姿が、すぐに浮かんできたって。

「それと同じようにね、匂いも覚えていたの」

「匂い」

何だそれ。

「光くんの頭の匂い」

「頭の匂い？」

「知らないだろうけど、赤ちゃんを抱っこするとね、頭の天辺のところが顔のすぐ下にくるの。そして、匂いがするの。赤ちゃんの頭の匂いってとってもいい匂いがするのよ。ミルクの匂いっていうか、甘いような可愛いような」

可愛い匂いって何だ、って思ったけど。

「何となく、想像はできるけど」

赤ちゃんを抱っこしたことは、ない。

「私はきっと光くんを抱っこして何度も頭の匂いを嗅いでいたのね。だから覚えていたのよ。

何かねぇ光くん」

「うん」

「私、記憶を失って以来、全てのものが、ものっていうのは情報ってことかな？　際限なしに頭の中に流れ込んでくるように、入るようになっているのよ。それを全部覚えられる。そしてね」

文さんの瞳がきらきらしていた。何だか、子供が喜んでいるみたいな眼。

「それを、すごく感じられるようになってるの」

「感じられる？」

何を？

「その人の言葉の端々（はしばし）に滲（にじ）む感情、表情の奥に潜（ひそ）む思い、まとわりつく身体の内から滲む匂い、外からその人の身体に染みついた香り、そういうものが全部はっきりと感じられるのね」

「えーと」

言ってることはわかるけど。

「それは、あれかな？　眼が見えなくなった人は代わりに聴覚が発達するっていうようなことと同じような感じで？」

そうなのかな？　って文さんは小首を傾げた。

「どうしてなのかは、私にもわからない。きっとお医者さまにもわからないでしょうね。でも、何となくわかるでしょ？　たとえば友達と話していても、その人の微妙な表情で、言葉とは裏腹の本当の胸の内がわかるなんてことがあるでしょ？　一度はあったでしょ、今までの人生で」

「ある、かな？」

考えてみた。

うん、そういうのは確かにあるとは思う。母さんや父さんと話したりしたときに。そう言うと、文さんはまた、にいっ、と笑った。

「光くん」

「はい」

「大きくなった今は、私のことを叔母としか思っていない、なんてことはないでしょ？」

「え？」

どういうこと？

「ほんの少しだけど、以前は感じていなかった〈大人の女〉として意識することがあるでしょう？」

それは。困ってしまった。

「いいのよそれは。私と光くんは十歳しか離れていないし、私もまだ若い女性のつもりだし。

若い男性としてはごく自然なことなんだから。それを怒ったり喜んだりしているわけじゃないの」

「喜んだら変態でしょう。甥と叔母の関係で」

たぶん。

「あら変態っていうのはね。まぁその辺の話は関係ないからいいわ。とにかく、光くんが表に出さないようにしている、違うわね、甥と叔母という認識があるから、無意識のうちに感じないようにしているそういう男としての本能的な感情というものを、私を見る眼つきとか話しかける言葉とか身体から発する匂いとか、そういうものから感じられるってことなのよ。今の私には」

感じられるって。

「えーと」

考えた。文さんは、にこにこしている。

「ごめん、それは文さんの、何というか、妄想とかじゃないの？」

「妄想？」

「頭の中で考えてしまって、そう感じたと思い込んでしまったとか」

そうじゃないな、ってそれこそ僕は本能的に感じてしまっていたけど、身内としてはちょっと戒めるというか、否定してみた。

文さんは、うん、って頷いた。

「私の勘違いとか妄想とか、確かにそういう表現もできるわね。確かめようもないことなんだから。でも、光くん、正解、って思ったでしょ？　当たっているでしょう？　昨日の夜に風呂上がりの私の色っぽい姿に女を感じたでしょ？」

思わず、ぐぅ、とか言ってしまいそうになった。

「全然まるっきり感じなかったといえば嘘になるけど」

「じゃあ、私の妄想じゃないでしょう」

文さんは、ゆっくり首を横に振った。

「姉さんと話している私と一緒にいたでしょ？　何か違和感を覚えた？　甥として、そして姉さんの息子として」

「違和感？」

「記憶が戻っていない私はそこにいた？　妹っぽくなかった？　以前のままの私じゃなかった？」

「そんなことはないよ」

僕の中にある母さんと文さん、そのままだった。話し方も態度も、以前のまま。

「経験がないからわからないだろうけど、普通はまるっきり記憶がなければ〈お姉さん〉なんていう感覚もなくて、それは様子にも態度にも表れるわ。でも、姉さんもごく自然に私に接していたでしょ？　私もそれまでと変わらないように話していたでしょ？」

　頷いた。その通りだった。記憶がないなんて冗談じゃないかって思うぐらい、自然だった。

「それは、姉さんの態度に嘘がまるっきりないというのを、全てで感じ取れたからよ。姉さんは、私の姉さん。ずっと妹である私を大好きで心配してくれている優しい姉。それがはっきり情報として姉さんの表情や態度や匂いから感じ取れたから、私もそう接することができるの」

　その大きな黒眼がちの瞳に、それこそ嘘はないっていうのを僕も感じてしまった。何より文さんが僕に嘘を言うはずもない。文さんが、小さく頷いた。

「今の私はそうなの。覚えておいてね。あ、でも皆に今の話は言わないでおいてね。記憶が戻るまでは」

「わかった」

　頷くしかなかった。

「今日はこれから何か予定があるの？」

　文さんが訊いた。

「いや、何も」

　本当に何にもない。仁さんに言って、ここで僕はどんなバイトができるかを確かめようと思っていたけど。

そう言うと、うん、って文さんは頷いた。

「明後日の日曜日、お客様が来るのよね」

「聞いてる」

営業再開後、初めてのお客様だ。

「私の仕事は〈御挨拶〉が主なんだけど、光くん一緒にいてくれない？　それをバイトにすればいいわ」

「僕が？」

「そう」

「一緒に〈御挨拶〉するの？」

文さんは、にいっ、と笑った。

「光くんは〈孫〉だから。馴染みのお客様は、男の子がいるんだってなった方が安心すると思うの」

☆

篠崎さんご夫妻が、今夜のお客様。

「篠崎雄輔さん、六十七歳。奥さんが真代さんで六十五歳。魚はひかりものが苦手で、みょうがもダメ。味付けは京風がお好み。不動産会社の社長さん？」

厨房の脇の仁さんの部屋で、予約の帳面を見ながら言うと、仁さんが頷いた。

「旦那さんとも親しかったお方ですね」

「不動産会社ってことは、うちの不動産関係のことにも詳しい人なの？」

仁さんの眉がぴくっ、て動いた。

「坊ちゃん、お聞き及びでしたか」

「や、そんな詳しくは聞いてないけど。母さんが言ってたよ」

実はこの家の主な収入は不動産だって。仁さんも、難しい顔をして頷いた。

「あっしももちろん詳しくは知りやせんがね。旦那さんと親しかったのですから、そういう人のはずですよ」

そうなのか。

「本当に僕がいた方が、いいのかな」

仁さんが大きく頷いた。

「坊ちゃんは、坊ちゃんですからね。綾お嬢さんに息子さんがいるのは馴染みのお客様は皆さんご存知です。その坊ちゃんが、文お嬢さんと一緒に御挨拶に来れば確かに皆さん安心するでしょう。旦那さんはいなくなっても、男の子の跡取りがちゃんといるんだと」

「いや、跡取りなんて考えてないよ？」

仁さんが苦笑した。

「体裁だけですよ。営業上のね。綾お嬢さんも文お嬢さんも押し付けたりはしないでしょうからご安心を」

まぁ、そういうものか。

「どんな格好したらいいかな」

まさか普段着ってわけにもいかないだろうし。仁さんが頷いた。

「正式なものじゃないですからね。うちの羽織袢纏がありやすから、ネクタイした上にそれを羽織れば充分でしょう」

羽織袢纏か。あれか。ちょっと恥ずかしいけど、アルバイトの制服なんだと思えば。

作法というか、こういう高級な料亭ではどういうふうに食事が進んでいくのかなんてまるっきり知らない。アルバイトとしては勉強のために隠れてずっと見ていた。タクシーでやってきた篠崎様ご夫妻を迎えたのは、仲居としてずっと働いてくれている岡島さん。もう五十六歳の、見た目も態度も貫禄たっぷりの大ベテラン。知らない人が見たら絶対に女将さんと間違えると思う。

〈銀の鰊亭〉の庭が見える座敷にお通しして、そのときに〈御挨拶〉に行くのかと思ったら違った。まずは、お食事を始めるんだ。

厨房には仁さんの他に通いの料理人の岩村さん。十年選手ってことだ。二人で厨房をやっている。その他には仲居の岡島さんをサポートするもう一人の仲居の岸さん。岸さんはまだ三十代って話していた。その四人だけで〈銀の鰊亭〉は回っているんだ。まぁ一晩に多くても三組なんだからそれで充分なのか。

食事が始まると、当然四人が動き回るけど、本当に手慣れたもので混乱もどたばたも何もなかった。ここが休んでいた間皆さんは何をやっていたんだろう、給料は貰っていたんだろうかってちょっと心配に思ったけど、それはまぁ僕には関係ないことか。

クリーム色っていうか、上品な色合いの和服を着た文さんがやってきた。着付けのことは母さんも確認していたけど、やっぱり身体が覚えていたらしい。するすると全部一人でできたらしい。

仁さんが、大きく頷いた。

「申し分ありやせん」

「ありがとう。じゃあ、光くん。行くわよ」

「あ、もう行くの？」

まだ食事は終わっていないけど。

「メインの焼き物が出る前に〈御挨拶〉に行くのが、うちのやり方なんですって」

それはきっと仁さんに確認したんだね。

「失礼します」

そう言って一拍置いてから文さんは襖を開けた。開けて、頭を下げるので後ろで控えている僕もそうした。

「おお」

男の人の声に、その後に女の人の声。

「文さん」

「本日は誠にありがとうございます。女将の文でございます」

文さんは、すい、って感じで滑るように座敷に入っていくのでもちろん僕もそれに続いた。

そこでようやく篠崎様ご夫妻の顔がはっきり見えた。

不動産会社の社長っていうので何となく想像していたのとは少し違った。痩せている。細長い顔に見事な白髪の七三分けに銀縁の眼鏡。紺色の薄手のセーターを着ていた。奥さんは少し太り気味かなと思う感じで、グレーのタートルネックと同じ色のカーディガンに物凄く大きな真珠のネックレスをしている。

「篠崎様。これは私の甥で、亡き父の孫、光と申します。この春に大学生になります」

「光です。どうぞお見知り置きを」

これは、仁さんに教えてもらった言い回しだ。

「いやこれはこれは」

「お孫さんね！」

それから、奥さんは文さんに近寄って、大変だったわね、って本当に心配した様子で手を握ったりしていた。もう身体は大丈夫なのかとか、焼けたところは修復したのかとか、そういう話。僕には、どこかお祖父ちゃんに似てるわね、とか笑みを浮かべて話しかけてきた。

文さんは、見事に女将さんとしての役割をこなしていた。記憶を失ったってことはもちろん身内にしか知らされていない。でも、小さな町だ。そして〈青河家〉はこの町の名士なんだ。噂にはなっているかもしれないけど、篠崎さんはその辺りのことは何も言わなかった。

「しかしなぁ、青河さんが火事でなぁ」

一通りの挨拶が済んで、文さんが、篠崎さんにお酌をしたんだ。僕はただ脇に控えて座って様子を見ていた。足が痺れないように、って願いながら。

篠崎さんは、苦々しい表情を見せて首を横に小さく振った。

「今も信じられんが、火事は怖いな。つい先日もうちの物件のアパートで小火騒ぎがあってね。夜中に呼び出されたよ」

「まぁ、そんなことが」

「あなた、そんな話をここで」

「あぁ、いやすまんね。つい」

「いいえ。どこのアパートですか？　大丈夫だったんでしょうか」

文さんが訊くと、篠崎さんが頷いた。

「錦町のアパートでね。台所のタオルが焼けた程度の騒ぎで、助かったんだが」

御猪口をくいっ、と空けて、篠崎さんは頷いた。

「本当に火事は怖い。気をつけんとな。光くんは、煙草は吸わんのだろう？」

「あ、吸いません」

いきなり声をかけられて焦った。

「最近の若者はそうだからな。いや結構だ。私はいまも止められん。大学生か。どこに？」

「M大です」

どこって言ってもこの近くには大学は二つしかないんだけど。

「M大か。結構結構」

〈御挨拶〉はその辺で終わった。ギリギリ足の痺れには耐えられたけど、この先のことを考えると少し正座の訓練をした方がいいかもしれない。

厨房の脇の部屋に戻ってきたら、文さんが顔を顰めて息を吐いた。何かを考えている。

「どうしたの？」

「篠崎様が、何か危ないかもしれないわ」

危ない？

「何それ」

文さんが首を捻った。

「小火騒ぎがあったって言ってたでしょ？」

「言ったね」

自分の持っているアパートって。

「夜に呼び出されたって言ってたわね。管理会社にだけじゃなくてオーナーにまで連絡が行くってことは確実に消防車の出動があったってことよね。でも、錦町のアパートで小火騒ぎなんていう消防出動情報は、この半年間どこにも出ていないわ」

消防出動情報？

「一一九で出動したら、ちゃんとその情報は市民の手に渡るようになっているのよ。サイトや電話情報サービスでね。ずっと暇だったのでそういうのは毎日チェックしているのよ。そして、お客様である篠崎様の持っている物件だって全部事前に調べておいたわ。篠崎様の持っているアパートはこの町に二十四棟あるけれど、錦町には四棟しかないわ。〈レジデンス錦〉と〈サリュート錦町〉、〈クレストしの〉と〈クレストしのⅡ〉の四棟ね」

「全部覚えてるの?!」

「住所も全部覚えているわよ。言ったでしょ？　情報が全部身体の中に入ってくるの。そしてね」

文さんが、にいっ、って笑った。

「篠崎様からは、嘘をついている匂いがぷんぷんしていた。表情からも口調からも何もかもよ」

「それは」

「どうして篠崎様は、自分のアパートで小火騒ぎがあったなんて嘘を、私についたんでしょうね？」

3

どうして、不動産会社社長の篠崎さんは自分のアパートで小火騒ぎがあったなんて、文さんに向かって嘘をついたのか？

いや、全然わけがわからない。そんなのわかるわけがない。そもそも小火騒ぎが本当に〈嘘〉だっていうのも、正確には確かめていないわけだし。

「光くん、ちょっとお話をしてきて」

文さんが言った。

「お話って？」

「岡島さん」

「はいはいなんです？　文お嬢さん」

「焼き物って、光くんでも普通に持っていけるものでしょう？」

仲居の岡島さんが、僕をちらっと見ながらゆっくり頷いた。

「光坊ちゃんが、お盆を引っ繰り返さなければね」

いや待ってよ文さん。

「僕が持っていくの？　篠崎さんに」

文さんが、にいっ、って笑って頷いた。

「さっき、篠崎さんはとても光くんに興味津々だったみたいよ。もう一度顔を出せば喜んで話し相手をしてくれるはず」

「え、いやいや」

話し相手って。

「何を話せばいいの」

あの年代の人たちと話せる共通の話題なんて、たぶんない。篠崎さんが実はゲーム好きとかマンガ好きとかなら話は別だけど。

「お父さん、つまり、あなたのお祖父ちゃんの話でもするといいかもしれない。ねぇ仁さん」

「はい」

菜箸(さいばし)を持っていた仁さんが動きを止めて、文さんを見た。

「篠崎さんは、父とは親しかったのよね？」

仁さんがこっくりと頷いた。

「もちろん、昔からのお客様でしたし、旦那さんとはお年もそれほど離れていませんでしたね。友人としてもお付き合いがありやしたね。どの程度の親しさだったかは私にはわかりませんが」

「それじゃあ、昔話でもしてもらうといいかも。『祖父とはしばらく会えないまま、こんなことになってしまったんですが』って。少し淋しそうな顔でもするときっと父とのことをいろいろお話ししてくれるわ」

いや確かにそうかもしれないけど、そして老人は昔話が好きだろうけど、それで僕に何をしろって言うんだろう。

「文さんはどうするの」

「私は、小火の件をもう一度ちょっと調べてからお邪魔するから、それまで話を繋(つな)いでおいて」

調べる。どうやって調べるんだ。さっきネットでは確認済みだって言ってたけど、それ以外に方法があるのか。

繋いでおいて、と言い残して文さんはさっさと行ってしまった。たぶん、自分の部屋へ。

残された僕に仁さんはちょっと肩を竦めてみせた。

「ほい、焼き物上がりやしたぜ。光坊ちゃん」

そりゃまぁ、お盆に載せた焼き物を部屋に運んで失礼のない程度に配ることぐらいはできるけれど。なんてことはないんだけど。

一体何の話をすればいいのか。

「でも確かに」

文さんの言う通りに小火騒ぎが嘘なんだとしたら、篠崎さんの行動っていうか言動は謎だ。どうして、文さんに小火騒ぎがあったなんて嘘をついたのか。

あれか？　火事があった〈銀の鰊亭〉への対抗意識か？　俺だって大変だったんだぜっていうかまってちゃんアピールだろうか。

「いやいや」

小学生の男子じゃないんだから。そんなことで張り合おうなんて七十近いじいさんがしてもらっちゃ困る。そもそも火事では人が死んでいるんだから、不謹慎この上ないじゃないか。

「でも」

もしも、本当に嘘をついていて、その嘘をつくことに何か目的があったとしたなら、その目的って何だろう。調べる必要はあるのかもしれない。

今日の焼き物は〈あいなめの木の芽焼き　香り付け〉だそうだ。

木の芽、っていうのは山椒の若葉のことで、それを叩いて入れたたれを塗って照焼きにしたもの。そして、山椒だけじゃなくて〈銀の鰊亭〉で独特の香り付けをしているんだって岡島さんが教えてくれた。その香り付けっていうのは、アーティチョークだそうだ。日本ではほとんどなじみがないんだけど、独特の香りとイモみたいな風味のもの。これも一緒に焼いて食べると美味しい、らしい。

このアルバイトを続けるんだったら、一度ちゃんと〈銀の鰊亭〉としての料理を食べさせてもらった方がいいかもしれない。

「失礼します」

部屋の襖の前で声を掛けて、そっと開ける。

「お待たせしました」

篠崎さんの奥さんの口が、あら、って感じで開くのが見えた。篠崎さんがうむ、って頷いた。

「焼き物をお持ちしました」

仁さんと岡島さんに教えられた通りに料理の説明をする。そして、篠崎さんが箸をつけるまでそこでニコニコしながら待っていなさいって岡島さんに言われたので、その通りにしていた。

篠崎さん夫妻は、頷きながら〈あいなめの木の芽焼き　香り付け〉を食べて、そして笑顔になった。

「旨いね」

「ありがとうございます」

「以前と何にも変わらないわ」

うん、板前の仁さんが変わらないんだからそのはずだけど、ってツッコミはしない。

「光くん、だったね」

良かった。

話しかけてくれた。

「はい」

「ひょっとして、ここから大学に通うのかな？」

「そうです。叔母のためにその方がいいのではないかと」

そうね、って篠崎夫人が微笑んで頷いた。

「その方が安心よね」

「はい。もうすっかり良くなったとは言っても、この広い家に一人きりになってしまったので」

篠崎さんが、頷いた。

「確かに文さんは体調は良くなったらしいが、あれだな、精神面では甥っ子である君がいてくれるというのはいいだろうな。何しろあんなことがあったんだ」

そのときに。

篠崎さんが僕の顔を見ながらそう言ったとき。

あぁ、って思った。文さんが言っていたことに納得したんだ。

〈その人の言葉の端々に滲む感情、表情の奥に潜む思い、まとわりつく身体の内から滲む匂い、外からその人の身体に染みついた香り、そういうものが全部はっきりと感じられる〉

確かにそういうことって、あるんだって。でも、これは、今の僕の場合はそんなに大げさなものじゃない。もしも篠崎さんがただ食事を楽しみたいだけなら、僕はその空気を読めたはずだ。もう君は下がっていいよ、って雰囲気を察することができたはず。そして居心地悪くて早々に退散したと思う。

でも、違う。

篠崎さんは確かに僕と話したがっているんだ。

何かを、僕に訊きたがっている。

つまり〈何らかの情報を得るチャンス〉って思っている。それがありありと感じられた。

奥さんにはあんまり感じないけど。それが何かはわからないけど、きっと篠崎さんは僕が、叔母のためにここに住んであげるような優しい若者だってことで、そして自分がよく知っている青河玄蕃の孫だってことで油断しているんだ。

そうじゃなきゃ、篠崎さんだって一国一城の主なんだ。不動産会社の社長さんなんだ。こんな簡単に、僕みたいな若造に自分の気配を悟られるはずがない。

「どうだい？　もう文さんは精神的にも問題ないのかい？」

篠崎さんが言うので、頷いた。

「はい、大丈夫です」

正座しながらにこやかに僕は言ってみた。

自分でも驚いたけど、誘ってみたんだ。そうするのが良いように思ったから、いかにも営業スマイルを浮かべて。

案の定、篠崎さんは苦笑いを浮かべた。

「光くん」

「はい」

「私はね、亡くなられた玄蕃さん、君のお祖父さんとは四十年来の付き合いだった。まだ二人とも働き始めたばかりの二十代の若造だった頃からだ。だから、君と会うのは初めてだけど、親戚と言ってもいいぐらいだ。そんなよそ行きの顔をする必要はまったくない」

あ、そうですか、って顔をする。

でも、感じた。

それは眼線だ。眼の動き。篠崎さんは僕を見ながら襖の向こうに眼をやった。つまり、他の誰かが来ないかどうか気にしているってことだ。

自分が今言ってることを誰かに聞かれちゃ困るってことだ。

それは、誰になんだろう。

「だから、もしも何か不安に思うことでもあるんなら、玄蕃さんの友人として遠慮なくいつでも相談に乗るよ」

「ありがとうございます」

それは僕よりも文さんに言うべきだと思ったけれど。篠崎さんはちょっと眼を細めて真面目な表情を見せた。

「そう言えば、何か、妙な噂を聞いたんだが」

「噂ですか？」

唇を歪めて、篠崎さんが頷いた。

「あの火事で、玄蕃さんと晴代さんの他に身元不明の焼死体が出ていたんじゃないかという話なんだがね」

ええっ？　って顔をしたから奥さんはまったく知らなかったのか。篠崎さんはどこでそれを聞いたんだろうか。

そう。どこから漏れたかわからないけど、その話は一度ネットの記事に出てしまったらしい。でもすぐに警察の方から依頼して消させたんだそうだ。ネットに上がっていたのはほんの一瞬みたいだったし、こんな一地方の火事の記事なんか気にしている人はそんなにいない。だから、噂みたいになっているっていうのは、父さんも言っていた。

でも、警察は正式には発表していない。

「え、知らないです。本当ですか？」

それぐらいの嘘は、演技は、僕にだってできる。何にも知らない、のほほんとしているただの大学生になる孫であり甥っ子。

「そんなことは母も、叔母も言っていなかったので、何かの間違いだと思いますけど」

「そうかね」

知らないなら、それでいいんだが、って篠崎さんはまた箸を動かし始めて、魚を食べた。

「まぁここは歴史あるところだ。いろいろと変な噂を立てる連中もいるかもしれない。何かあったらいつでも言ってくれよ」

それからひょい、と、徳利を持った。

「飲むかね？」

「あなた」

奥さんが少し微笑んで言った。

「まだ未成年ですよ」

「黙っていればわからんだろう」

「あ、いえ、商売的にもマズいので、お気持ちだけで」

そうだったな、って篠崎さんも笑った。

「M大なら当然商学部だね」

「そうです」

「学科は何だい」

「経営情報学科です」

ほう、って感じで篠崎さんは口を開いた。

「すると、将来はこの〈銀の鰊亭〉を君が継ぐようなことを考えているのかな」

「いえ、それは」

篠崎さんは僕を見た。

「君は玄蕃さんの長女の綾さんの息子さんなんだからな。当然その権利はあるだろう」

確かにそれはあるんだろうけど。

「今は何も考えていないです。そもそも〈銀の鰊亭〉は叔母がやっているものですから。将来的に何か手伝えるようなら考えてみますけれど」

うん、って篠崎さんは頷く。

「玄蕃さんも安心だろうな。孫に男の子がいてくれて。よく言っていたよ。娘二人は可愛いが、この〈青河邸〉や〈銀の鰊亭〉をそのまま背負わせるのはどうかと思うってね。将来どうするかを考えなきゃならないと」

そうなのか。それは嘘じゃなくてちょっと本当っぽいな、って思ったところで、襖の向こうから声が聞こえてきた。

「失礼いたします」

文さんだった。

☆

「え、じゃあ、聞いていたの全部」

篠崎さんの部屋から戻ってきて訊いたら、うん、って文さんが頷いた。

「どこから？」

「相談に乗るよって辺りから」

襖のところで息を潜めて聞き耳を立てていたらしい。

「思い出したっていうか、昔からそんなことやっていたんだと思う」

「盗み聞きを？」

そうよって文さんは笑った。

「どんなことを聞いていたのかは思い出せないけれど、わかったのよね。廊下のどこを歩いたら軋まないかとか、どの辺りで静かにしていると音の反響でよく聞こえるかとか、そんなのを自然にやっていたの」

「身体が覚えていたんだ」

そうなの、って頷いた。

「だから、よくやってたのね、きっと。小さい頃からそんなことを」

どうしてなのかはわからないけど、って続けた。

「姉さんに訊いたら知ってるかもね」

「後でLINEで確認してみる」

「お願いね。それでね、光くん」

文さんが、にっこり笑って何故か人差し指を立てて振った。

「間違いなく、篠崎様のアパートで小火なんか出ていないわ。確認できた」

できたのか。

「それは、どうやって確認したの?」

ネットでだったら既にやっていたって言ってたけど。

「私の同級生に、消防士さんがいるのよね」

え。

「それは、同級生を思い出したの?!」

文さんは、ふふっ、って笑った。

「ごめんね。私の部屋にあった住所録や名刺入れを見ただけなの。その中に消防署に勤務している古立くんっていう小学校からの同級生がいたのよ。ずっと、今も年賀状を貰っているから、きっと仲良しだったのね」

そうだった。そういうものは全部自分でチェックしていたんだった。それなのに、記憶は戻っていないんだ。

「古立くんに電話して訊いてみた。ちゃんと教えてくれたわ。篠崎様の持っている錦町の四棟で小火騒ぎなんてまったく起こっていないって」

「そうなんだ」

こくん、って文さんは頷いた。

「それなのに篠崎様は私に嘘を言ったのよ。自分のところのアパートで小火騒ぎがあったって」

「どうしてなんだろうね」

「篠崎様が、私にそんな嘘をつく理由なんか、思いつかないでしょう?」

「つかない」

まったく思い浮かばない。

「だから、ないのよ」

文さんが事も無げに言う。

「ない？」

そうなの、って続けた。

「篠崎様には、私にそういう嘘をつく理由なんかない。じゃあ、どうして嘘をついたのか。それは、私に向かってじゃなかったからよ」

文さんに向かってじゃない。

「私以外で、その場にいた人に聞かせるための嘘だったのよ」

文さん以外でその場にいた人。パン！　って思わず手を打ってしまった。

「僕じゃないのも確実だから」

「そう、奥様よ」

篠崎さんは、自分の奥さんに、嘘をついた。

「自分のアパートで小火騒ぎがあって出かけていったっていう嘘を奥様に信じ込ませるために、私の眼の前で繰り返して言ったのよ。その嘘をね」

なるほど。

「どうしてそんなことをしたんだろう」

文さんはちょっと首を傾げた。

「想像でしかないけれど、その小火騒ぎがあったっていうアパートに住んでいるのは篠崎様の愛人かもしれないわね。元愛人かもしれないけど」

「愛人って」

「篠崎様ご夫妻にはもう長い間身体の接触はないと思うのよ」

随分サラッと際どいことを言うんだよね文さん。

「そりゃあ、もうお年なんだし」

「いいえ、篠崎様は今も男よ。その証拠にオスの匂いが漂っている。その反対に奥様からはもうそういう香りがしてこないの。わかる?」

「全然わかんないよ」

あ、そうじゃないか。

「篠崎さんがまだまだ元気だってのは、ちょっとわかるかも」

何となくだけど、それこそ男同士で感じ取れる何かかもしれない。枯れちゃってるとは、全然感じなかったかも。

「そうでしょう? じゃあ、篠崎様はどこでそのオスの匂いを発散させているかって考えれば」

「愛人、ですか」

そうよ、って文さんは言う。

「あるいは、こじれてしまった元愛人ね。きっと夜中に呼び出されたか何か、とにかく奥様に不審に思われてしまったんじゃないかしら。こんな時間に出かけるなんておかしいとかって。それを、篠崎様は咄嗟にそこのアパートに小火が出たって言って誤魔化してしまったのね」

「なるほど」

そのパターンか。

「でも、奥様はちょっと疑っていたかもしれない、納得していないかもって篠崎様は感じていた。それで、呼び出されたこと、あるいは出かけたことを正当化するために小火って嘘を私の眼の前でついたのじゃないかしら。まさか、火事で両親を失った若い娘の前で、そんな嘘をつくはずがないって奥様も思うでしょう？」

思わず、ポン！って手を打ってしまった。

「そんな人でなしなことはしないだろうから、じゃあ本当に小火騒ぎがあってあのときは外出したんだって奥様も納得するってことなんだね」

「それなら、理屈は通るわけよね」

ひでぇ。

「実際、奥様はあのときに妙に納得したような表情を見せていたわ。何を納得したんだろうって思っていたんだけど、たぶん十中八九そういうことね」

何てことをするんだ篠崎さん。自分のアリバイ作りに〈銀の鰊亭〉を、文さんを、そして祖父ちゃん祖母ちゃんが火事で死んだことを利用するなんて。

「それで、どう危ないの？　その愛人が？」

篠崎様が、何か危ないかもしれないわ、って文さんは言ってたけど。

「篠崎様を、もしくは奥様を、その愛人か元愛人が殺すかもしれないってことよ」

殺すって。

「マジで？」

何でそんなことがわかるの。

「篠崎様は、痩せても枯れてもこの町でトップの不動産会社の社長さんよ。聞いたでしょう？」

「聞いた」

「そんな人が、愛人を囲うんならわざわざバレる危険性のある同じ町に住まわせないで、もっと離れたところに囲えばいいのに、近くの、それもアパートよ。それはちょっとおかしいでしょう」

そうか。

「お金はあるんだから、愛人を住まわせるんならもっと遠くのマンションか何かにしておけばいいんだ」

「そうよ。この町からどこか遠いところへ出かけていけばいいだけの話よ。それなのに、アパートから呼び出された」

それは。

「つまり、篠崎さんはまったく知らなかった可能性が高いってこと？　その愛人だか元愛人がそこに住んでいることを」

そうね、って文さんは頷いた。

「いちいち入居者のことなんか把握していないでしょうからね。そして、そんなマズいことになっているのは、たぶん別れ話が大きなトラブルになっているってことよね。怖いわよねそういうの。いろんな話があるでしょ？」

あるよね。ネットにもそんなヤバい話は溢れ返るほどあるよね。

「つまり、愛人だか元愛人がメンタル的にヤバいってことになるのかな」

「それもありそうね。想像できるでしょ？　メンタル的にヤバい女が刃物でも持って押し掛けてきて刺して逃げていくのが」

できる。ものすごくできる。先輩から話を聞いたこともあるんだ。大学で付き合った女の子がいわゆるヤンデレちゃんで、とんでもなく怖い思いをしてしまったたって。

「どうするの？」

「とりあえず、確認してみましょうか」

その人を、って文さんが言った。

「二人で？」

「確認するだけね。下手に首を突っ込むとこっちにも火の粉が飛んできそうだから、あくまでも遠くからできる範囲で確認するだけ」

「もしも、本当に大きなトラブルになって、篠崎さんが殺されちゃったらどうするの」

文さんはちょっと眼を大きくさせて、ニヤッとした。

「知ったこっちゃないわ、って言いたいけれど」

「言いたいんだ」

「大事なお得意様が、お客様が減るのは困るから、本当にヤバそうだったら奥様に忠告しましょう。何らかの方法で、匿名とかでね」

そんな感じか。もしも本当にそんな状況になっているんだったら、って話だけど。

「それから」

文さんの眼がほんの少しだけ細くなった。

「篠崎様、焼死体の話をしていたわね」

「誤魔化しておいたけどね」

文さんはもちろんだけど、身元不明の焼死体があったことは知っている。

「でも、おかしいのよね」

眼を細めた。

「ネットに一瞬だけ記事が出たのは、火事があって四人の死者が出たってことだけなのよ。これは後から確認したわ。魚拓を取っていた人がいたから」

いたんだ。

「その記事には、〈身元不明〉なんて一言も書いていなかったのよね」

「そうなの？」

そうなのよ、って文さんは頷いた。頷いてから、小首を傾げた。

「篠崎様、何を気にしているのかしらね？」

インターバル　刑事の〈磯貝様〉

一年生のうちは講義がびっしり入るからバイトなんかあんまりできないぞ、って話は父さんからも高校の先輩からも聞いていたけど、確かにそうだった。

大学って何だか行っても行かなくてもいいみたいなイメージがあったけど、そんなことはあるはずもない。勉強しに行くんだから、講義にきちんと出ていたら日中にバイトなんかできるはずもなかった。

で、バイトをしようと思ったら夜のバイトを入れるしかない。そして夜にできるバイトなんか基本的にはコンビニとかファミレスぐらいしかなかった。もちろん居酒屋とか牛丼屋とかそういうのもあるし、中にはあまりお勧めしないけど、夜の盛り場での別系統のバイトもあるらしかった。

でも、お陰様で僕には〈銀の鰊亭〉でのバイトがあった。そして基本的に家賃とかはタダだ。なんて恵まれたキャンパスライフなのかと、高校から同じ大学に進んだ友達に羨ましがられた。

でも。

「まずバイクで二十分走ってJRの駅に行ってそこから電車に三十五分乗ってさらに駅から十五分バスに乗って大学に来る?」

そう訊いたら皆に遠慮しておくと言われた。

そうだと思う。僕も文さんのことや家賃タダっていうものがなければ、何を好きこのんでこんな町の外れの丘の上から大学に通うもんかって思う。

大学の周囲にアパートはたくさんあるし、スーパーもコンビニもカフェもある。文字通り素敵なキャンパスライフを楽しむものは山ほどあるんだ。

その反対に〈青河邸〉の周囲には何もない。小高い丘の上だから野生動物たちは結構いるみたいだけどね。〈御挨拶〉だけでバイト代を貰うのは心苦しいので、仁さんに頼んで皿洗いとか、掃除なんかの雑用もさせてもらうことにした。

要するにいちばんの下っ端だ。住み込みの従業員みたいなもの。

「週末にランチを始めることにしたの。金・土・日の三日間だけね」

大学が始まって五日経った木曜日の夜。仁さんと僕と三人で晩ご飯を食べながら文さんが言った。もちろんご飯は仁さんが作ってくれるから、本当に美味しいったらないんだ。でも、もうちょっと味付けが濃くてもいいかなぁ、とは思うんだけど。

「ランチ」

「そう、ランチね。基本的には一日十組限定」

「十組ってことは、たとえば二人で来ても三人で来ても一組で、夜と一緒で完全予約制ってこと?」

「そうね。余ったら飛び込みでもオッケーだけど、うちに飛び込みでやってくる酔狂な人はそういないから」

確かにそう。ここまで来るのには車がなきゃ無理なんだから。まぁ道があるんだから歩いても来られるけれど。

「それはさ、文さん。ひょっとして僕がここに住み始めたから？　負担が増えるから少しでも赤字を減らそうという」

「まさか」

箸を置いてから、ひょい、って文さんは手を振った。行儀がいいんだ。文さんもそうなんだけど、母さんもそうだった。食事のときの作法というかお行儀というか、そういうものが本当にきれいなんだ。僕は物心ついたときから母のそういうのを見ているから普通だと思っていたけど、大人になってから気づくと、僕も含めてだけど、世の中にはなんて不作法な人が多いのかって思う。

「姉さんからはちゃんと光くんの食費は毎月貰うようになっているもの。今月分もちゃんと振り込まれていたわよ」

「そうだよね」

そういう約束のはずだ。

「じゃあ、何で急にランチなんか」

「もちろん赤字を減らそうというのもあるけれど」

仁さんを見た。

「新しい世代のお客様を増やす、というのがいちばんですかね」

「新しい世代？」

文さんがにっこり笑った。

「せっかく光くんが手伝ってくれるんだから、大学のお友達なんかが来てくれたらいいでしょ?」

「え、そんなお手頃価格にするの?」

大学生が食べに来られるような値段のランチに。そう言ったら、もちろんよ、って文さんも仁さんも頷いた。

「お手頃の価格にすることで、お客様が来てくれる。そうしたら、せっかく仕入れた食材の無駄も省けるから一石二鳥なのよ」

そういうわけで、これから大学で知り合う友達に〈銀の鰊亭〉の宣伝をするためのチラシとかネームカードとか、そういう配って宣伝できるようなものを何か考えてって文さんに頼まれた。デザイン系の学部はないけど、たぶんそういうのが得意な奴もいるだろうから相談してみよう。

金曜日の午後の講義はひとつだけで終わるんだ。このまま真っ直ぐ帰って〈銀の鰊亭〉の下っ端としてバイトにいそしもうと思っていたんだけど。

気配って、不思議だ。

普段なら気にもしないのに、大学の正門を出たところ、路上に停まっていたグレーのセダンの運転手に眼が留まってしまった。こっちを見ていないのに、ミラーで僕のことを観察しているってわかってしまったんだ。

だから、立ち止まってしまった。

その立ち止まった僕を見たんだ。ドアがすっ、と開いて車から降りてきたのは、革のブルゾンにカーキ色のパンツと黒のスニーカーを履(は)いた男の人。髪の毛は少し長めで、黒縁の眼鏡をしている。

その人が、軽くスキップでもするみたいなバネの利(き)いた足取りで僕に向かってきた。

「桂沢光さん」

「はい」

男の人は、にっこり笑って、でも笑いながら素早く周囲を見回していた。

「初めまして。磯貝公太(こうた)といいます」

磯貝さんって。

「あ」

思わず、口を広げてそう言ってしまって慌(あわ)てて閉じた。磯貝さんは、にこっと笑った。

「刑事の磯貝です。お父さんから聞いていますよね」

「聞いています」

「警察手帳が必要ならお見せしますけど、ここじゃなんですよね？」

確かに。いきなり警察に連れていかれたと思われても困るかもしれない。

「いきなりで申し訳ないんですが、今お時間、大丈夫ですか？」

「大丈夫です」

そう答えながら、間違いなくこの人は時間が大丈夫な今を狙って来たんだよなって思っていた。さすが刑事さんなのか。そこまで調べてから来たんだろう。

「ちょっと車へどうぞ」

そのまま車まで歩いて、助手席に乗り込んだ。磯貝さんが運転席に座る。磯貝さんのファッションはどう見ても刑事には見えない。年上の友人とか、いとことかそんな感じだと思う。

「どうぞ、磯貝です」

警察手帳だ。正確には今はメモとしての手帳機能はなくて要するにバッジケースなんだろうけど。

「必要なら署に電話して身元確認してもらってもいいですよ」

「いえ、大丈夫です」

磯貝さんの口調は穏やかだ。刑事さんって何となく怖いとかぞんざいとか乱暴とかってイメージがあるんだけど、磯貝さんは違う。

「今日は特別な用があったわけじゃありません。一度ちゃんと顔を合わせておかなければならないと思いましてね」

「そうですか」

だから一人なんだろうか。小説やテレビの知識では刑事は仕事では必ず二人で動くってことなんだけど。

「仕事で来てるんですよね？」

磯貝さんはにっこり微笑んだ。

「鋭いですね。警察手帳は見せましたけど、実は今日は休日です」

やっぱりそうなのか。

「ここに停めておくのは立場上何なので、向こうにある美術館の駐車場まで移動していいですか？」

頷いた。どこかファミレスとかカフェに行かないのは、事件の話をするからなんだろうって思った。

近くにある近代美術館の駐車場は広いんだ。磯貝さんはそのまま車を発進させた。

「大学は、どうですか。楽しくやっていけそうですか」

「たぶん。僕は結構順応性高いし、社交性もある方なので」

それは良かったって、ハンドルを握りながら磯貝さんは微笑んだ。右に曲がって美術館の駐車場に入っていって、わざわざ奥の遠いところまで車を進めた。誰も車を停めていないところで、ゆっくりと停めた。

「申し訳ないですね。コーヒーでもゆっくり飲みながら話せれば良かったんですけど」

「いえ、大丈夫です」

訊いてみたいことはあったんだ。

「あの、父とは親しいと聞いたんですが、何か事件で知り合ったんですか？」

磯貝さんはうん、って頷いた。

「聞いていないんですね」

「聞くのを忘れていました」

「事件、ではないですね」

違うのか。

「知りたいですか？」

「え、何をですか」

「知り合ったきっかけを」

磯貝さんがちょっとだけ表情を曇らせた。いや曇らせたっていうか、微妙な表情を見せた。

「それを話すということは、ひょっとしたらお父さん、桂沢さんが光くんに隠していたことも教えることになってしまうかもしれませんが」

「隠していたこと？」

「そうです」

それで、ピンと来た。

「磯貝さん」

「はい」

「たぶん、それは、我が家では秘密でも何でもないです」

「あ、そうなんですか？」

「〈Juiceっ子〉ですね？　磯貝さんもアイドル好きなんですね？」

いやぁ、ってちょっと恥ずかしそうに顔を伏せてしかも頬を赤らめてしまったよ磯貝さん。

磯貝さんも、父さんと同じで今でいうドルオタなんだ。

いや自分の父親のことを、しかも弁護士という何というか堅いというか正義というかそういう職業に就いている人のことをそんなふうに表現するのはちょっとあれだなって思うんだけど。でも、弁護士だろうと検事だろうと裁判官だろうと人間だ。アイドルを好きになったって全然構わない。

もちろん、刑事さんだってアイドル好きでもいいんだ。

ちょっと引くかもしれないけど。

もっとも〈Juiceっ子〉はもう十年以上も前のアイドルで、五人いたメンバーのうちの二人しか現役の芸能人としては残っていない。

父さんは〈Juiceっ子〉の大ファンだったんだ。それも筋金入りの。

「それは、母も知ってます」

「そうでしたか」

いやー、って磯貝さんは頭を掻いた。

「もう十年以上も前ですけどね。コンサート会場で知り合いまして。その後に実は事件でも知り合うことになったんですけど」

刑事と弁護士のドルオタコンビって、これラノベとかの設定で使えるんじゃないかって思うけど。磯貝さん何歳なんだろう。父さんは四十五歳なんだけど、それよりはずっと若く見える。三十代だろうか。

「もちろん、仕事とそれは別ですよ」

「わかってます」

刑事と弁護士がアイドルファンであることを通じて何か不正とか揉み消しとかをやったら笑い話にしかならないじゃないか。

「少し話がしたいんです」

磯貝さんが表情を引き締めた。

「何について話すかは、もうわかっているとは思いますけど」

「文叔母さんについてですよね？」

そうです、って頷いた。

「お父さんからも聞いていると思いますけど、本当にこれは異例です。本来なら案件、いや事件について関係者と、その内情について話し合うなんてことはしてはいけないことなんです」

「わかります」

「わかりますか」

「ミステリとか好きですから」

うん、って磯貝さんが頷いた。

「お父さんから、うちの息子の口の堅さも、それから公明正大なところも、頭が回ることも保証するって言われてます」

それはいくら何でも自分の息子を褒め過ぎだよ父さん。

「磯貝さん、お話を聞く前に確認したいんですけどいいですか？」

「どうぞ」

「磯貝さんは、警察は、文叔母さんが、自分の両親を含めて四人もの人間を殺したなんて思っていませんよね？」

磯貝さんが、ほんの少し眼を伏せた。

それから、僕を見た。

「光くん」

「はい」

「まさに、話したいと思っていたのはそこの部分です。刑事というのは、犯罪者を捕まえるのが仕事だと、思っているでしょう？」

頷いた。そのはずだ。

「もちろん、それが仕事だと思っている刑事や警察官は多いのですが、ちょっと違うんですよ」

「え、何が違うんですか」

磯貝さんの眼に光が灯ったって感じた。

「〈犯罪が行われたという事実を集める〉のが刑事の仕事なんですよ。逮捕は、その過程の果てにある結果に過ぎません」

「〈犯罪が行われたという事実を集める〉ですか」

繰り返したら、大きく頷いた。

「たとえば、今回の〈青河邸〉の件で確認してみましょう。そもそも〈青河邸〉の火事は事件ではないです。現時点では、ですけど」

「違うんですか？」

そうですよ、って磯貝さんが頷いた。

「火事の原因は小動物によるコンセントからの漏電である、と結論が出ています。不審火ではありません。そして四名の死因も火事によるものと解剖所見が出ています。この辺りは何もかもお父さんから聞いていますよね？」

「聞いてます」

頷いて、ですから、って続けた。

「〈事件〉ではないんです。もう警察は漏電が原因の〈火事による事故死〉、と判断しています」

そうか、そうなるのか。

「しかし、ここで〈疑問〉が残ってしまいました」

「焼死した二名の身元と、腹部に残った刺された痕、ですね？」

その通りです、って磯貝さんがいう。

「身元不明の男性の焼死体の腹部に、鋭利な刃物で刺された痕がありました。直接の死因ではありませんでしたが、もしもそれが、誰かがその男性を刺したという痕ならば、明らかにそれは〈犯罪が行われたという事実〉です。そうですよね？」

「そうです」

専門家じゃないけど、そう思う。

「けれども、もしも男性が自分で刺したのなら、それは〈犯罪が行われたという事実〉ではなくなります。単なる〈自傷〉ですね。自殺しようとしたのかもしれません。しかしそこに至った事実を集めてみたら、まぁ今からでも集められるものならという仮定ですけど、誰かに自分を刺さざるを得ないように誘導もしくは脅迫されたという線が浮かんだとしたら？　それは？」

「今から証明するのはとんでもなく難しいでしょうけど、間違いなく〈犯罪が行われたという事実〉です」

「その通りです。けれど、先ほども言いましたが、火災現場では四人が焼死体で発見されましたが、その事実自体は犯罪ではないです。事故ですね」

「はい」

「火事の原因も事故であるとなりました。つまり、現時点で〈青河邸〉での事故で、明確な〈犯罪の事実〉はどこにもないんです。刃物の痕さえも、〈刺された痕ではないか〉というのは現時点ではただの〈推測〉に過ぎません。そうですよね？」

大きく頷いた。その通りだ。

「ですから、私は青河文さんを容疑者などとは一ミリも仮定していません。単なる〈関係者〉であり、そして現段階ではご両親を失い、自らもご両親を助けようとして怪我をしてしまった火災事故の〈被害者〉です」

その通りなんだろうけど。

「けれども、ですよね？」

そうじゃなきゃ、磯貝さんがここにやってくる意味がないんだ。

「四人の焼死体の他に〈第五の人物〉がいたのではないか、とも推測されるんですよね？刃物で刺された痕、というのは」

そう言うと、磯貝さんが、にやりと笑った。

「まさしく、けれども、です。その通りです」

くるん、と人差し指を回した。

「青河文さんは記憶障害を起こしています。あの日の〈青河邸〉の〈月舟屋〉で何が行われていたのか、四人で何をしていたのか、文さんはそのときどこにいたのか。何もわかっていませんし、青河文さんもまるで思い出せません」

「わかっていないから、文叔母さんが〈第五の人物〉の可能性もあるってことなんですよね？」

うん、って磯貝さんが頷きながら首を捻った。

「穿(うが)った見方であることは間違いないです。そんなことは普通ならあり得ないでしょう。けれども、多くの場合、〈あり得ないことが起こる〉から、それが〈犯罪〉になっていくんですよ」

「たとえば」

それぐらいは僕も考えたことがある。

「絶対にあり得ないけれど、四人を焼死体になるまで、事故と結論づけられるまで偽装工作をして殺した犯人が、その場にいた〈第五の人物〉が、文さんである可能性もあるって、警察は、磯貝さんは考えているんですよね？」

「可能性だけならもっと他にもいろいろ考えられます。何も〈第五の人物〉の候補者は文さんだけではない。通りすがりの強盗の可能性もあるし、〈銀の鰊亭〉には他にも従業員がいらっしゃる。ですから文さんを〈第五の人物〉とするのはひとつの見方として、可能性がある、というだけの話です。しかし」

「しかし？」

「たったひとつ、〈第五の人物〉という見方を示す、重要な事実があるんです」

「重要な事実？」

磯貝さんが、僕を見た。

「青河文さんが、今にも燃え落ちそうな〈月舟屋〉へ、ご両親を救いに飛び込んでいったという事実です」

それは、確かに。重要な事実って言えるかもしれない。

「実に勇敢な行為です。感動的ですらあります。しかしですよ光くん」

「はい」

「その場に一緒にいた男性であり長年〈銀の鰊亭〉で板前を務めている二瓶仁さんは、眼の前のその火事の勢いに『もう無理だ』と助けに行くことを躊躇ったんです。二の足を踏んだのです」

それは聞いてる。

仁さんは今もそれを悔やんでいるんだ。そのとき、一歩踏み出せば、腕を伸ばせば、文さんが〈月舟屋〉へ飛び込んでいくのを止められたのにって。自分が止められなかったせいで文さんが記憶障害なんて起こしてしまったって思っている。

「お年を多少召しているとはいえ、今も厨房で働く屈強な男性であり、青河玄蕃さんとは長年の付き合いである二瓶さんでさえ〈あきらめていた〉火災現場に飛び込んでいけるというのは、しかも、飛び込んでいき、燃え落ちる柱にぶつかり怪我をしながらも自分で外へ飛び出し助かったというのは」

溜息をついた。

「青河文さんは、何という女性なのでしょうね？　凄いです。僕は正直自分の両親が燃える家の中にいたとしても、無理だと判断したらとても飛び込めません。自分の命を優先してしまうでしょうね」

確かにそう思う。

「僕もたぶん、そうだと思います」

もちろんそんな現場にぶち当たることなんかないとは思うけど。

「じゃあ、文さんがそうまでした理由に、ですか。磯貝さんが〈犯罪の事実〉があるのではないかと推測しているのは」

「いやいや」

磯貝さんが少し笑いながら、首を横に振った。

「そんなニュアンスで話すと、まるで僕が光くんに、青河文さんを探れと言ってるみたいじゃないですか」

「え、違うんですか」

てっきりそのために話しに来たのかと思っていたのに。

「刑事が一般人に、ましてや〈被害者〉の甥御さんに捜査協力を秘密でお願いなんかしませんよ」

「じゃあ、話っていうのは」

磯貝さんは、ハンドルを軽く叩いた。

「間違いなく、〈何か〉はあるんです。謎の男女が、青河夫妻と一緒にお亡くなりになっているんですから、そこに〈何か〉はあったんです。謎の男女が青河夫妻と知人でも、あるいは知人ではなくても」

「そうですね」

〈何か〉はあったんだ。

「警察の捜査は全国にばらまいた〈謎の男女の歯型〉で身元が判明しないとなった段階で、もうほぼ終わってしまうようなものです」

「そうなんですか」

「どうしようもないんですよ。唯一の目撃者かもしれない文さんは記憶障害です。それは医者の診断書が出ています。警察がいくら事情聴取をしても『何もわからない』ですからね。それ以上は何もできません。既に火事が事故と断定された以上、そして事件としての明確な証拠もないのですから、お宮入りに一直線です。ですから」

僕を見た。

「その〈何か〉に気づけるのは、たぶんこの先は光くんだけなんだってことを、お話ししたかったんです」

「そして、もしも〈何か〉に気づいたのなら、磯貝さんに話せるのも僕だけ、ってことですよね？」

磯貝さんは、苦笑した。

「その通りですね。さすが桂沢さんの息子さんだ。そこのところはもう、それこそお願いなんですけど」

「磯貝さん」

「はい」

僕は文さんが何か犯罪に関係しているなんてまったく思えない。そんなことがあるはずない。

火事で死んだのは、文さんの両親なんだ。僕の祖父母なんだ。

でも。

気になることはある。

篠崎さんだ。

〈身元不明〉なんて一言も書いていなかったのに、〈身元不明〉の焼死体があるって噂を聞いて、何かを気にしている篠崎さん。

「もう少し、話をしていいですか？」

「もちろんです」

第二章 お医者様の〈小松様〉

1

「お医者さん」

そうなの、って文さんが頷いた。磯貝さんに会った金曜日の次の日。土曜日の夕方。ランチを始めるのは再来週からだそうだ。

「昔からの知り合いで、まぁ主治医とまではいえないけれど、よく診てもらっていたお医者さんの小松義則さん」

「その人が、明日ご飯を食べに来るんだね」

「予約が入っていたのよ。大分前からね」

お医者さんか。

「じゃあ、またお年寄りなのかな」

うん、って文さんが少し笑った。

「光くんから見たら誰でも年寄りでしょう。年齢は、六十五歳ね。お年寄り扱いしたら怒られるかも」

「奥さんと一緒に？」

「ご友人の男性の方みたい。小松さんは、確か独身よ。離婚されたのはもう随分昔で、それからはずっとお一人みたい」

なるほど。

「お父さん、光くんのお祖父ちゃんね、知らないだろうけど、二年ぐらい前かな？　狭心症の発作を起こしたのよ」

「え、全然知らない」

狭心症って。

「心臓の病気だよね」

「そうね。でも、軽いもので済んだんですって。そのときも小松さんの病院に少しの間入院してた。入院って言っても検査入院だけど」

そうか。

「じゃあ、僕も〈御挨拶〉した方がいいね」

「お願いするわ」

「ところでさ。篠崎さんの愛人さんの件だけどね」

うん、って文さんが頷いた。

「まだ、何も調べに行ってないよね？　アパートを見に行ったり」

してないわよ、って文さんは頷いた。

「やるなら、光くんと一緒に行こうと思っていたから」

よかった。

「それ、僕の方でやっておくから」

文さんが、きょとんとした顔を見せた。

「一人で？」

「どうせアパートにどんな人が入っているかを確認するぐらいでしょ？　張り込みなんてできないしさ」

そうね、って頷いた。

「やっておく。一人の方が動きやすいし。何かあったらすぐに知らせるから」

めっちゃ渋いまるで昔の社長が使っているような木製の机と、座面が緑色の天鵞絨(ビロード)で木製の椅子(いす)。アンティークの店でならセットでたぶん三十万や四十万ぐらいで売れるんじゃないかって代物は、さすがに使い心地がいいんだ。

こんな木製の重い机に向かったのは初めてだったけど、なんていうか、重さに安心感がある。手で触れても引き出しを開けても、とにかくそのどっしりとした重みとしっかりとした造りの良さが伝わってくる。

良いものを使え、っていう先人の言葉ってこういうことなんだな、ってことがちょっとわかった。安物買いの銭失いって言葉はきっと本当なんだ。手が掛かってしっかりしているからこそ値段は高くなる。だから高いものは品質が良くて長く使える。

「そういうことかなぁ」

母さんと文さんって、姉妹だからあたりまえなんだけどどこか共通の、一本芯が通ったようなイメージがあって、それはこういうものに囲まれて育ってきたからなんじゃないかって、改めて気づいた。

職業に貴賤はないだろうし、人間は皆平等だ。でも、やっぱり育ちの良さっていうものはあるんだ。いいものに囲まれてそれをちゃんと使ってきちんとした暮らしをしてきた人は、ちゃんとしてるものなんだ。

まぁそれを羨んだり自分の環境を恨んだりしてもしょうがないことで、それに気づけた自分を喜べってことなんだろうけどね。

「光坊ちゃん」

廊下から仁さんの声がした。

「はい」

「夜食はどうですか」

「食べます。どうぞ」

すいっ、と襖が開くと、仁さんが膝をついている。

「小さなあんまんと肉まんを作ってみたんですがね」

わぉ。

仁さんが小さな蒸籠（せいろ）を持って部屋に入ってきて、机の上の空いているところにそっと置いてくれた。普通の家なら皿の上に蒸したあんまん肉まんにせいぜいラップなんだろうけど、ちゃんとした、お客様の前に出せる蒸籠だ。

「ありがとう仁さん」

にこりと笑う。

「いや、私も嬉しいんですよ。どうぞ食べてください」

「うん、仁さんは？」

「よけりゃあ一緒にと思いやしたがね」

「どうぞどうぞ」

これもこの家にあった猫足の立派な椅子と小さな丸いテーブルが部屋の隅に置いてあるんだ。ここに座って読書すると良い感じ。仁さんがどっこいしょ、って感じで座るので、椅子を動かして向かい合った。

「何が嬉しいの？」

「お嬢さんたちは夜食を食べやせんでしたからね。坊ちゃんが来てくれてからは、毎日修業がてら作るものをばくばく食べてくれるのが嬉しいんですよ」

そうなんだ。仁さんは仕事があってもなくてもずっと厨房で日々研究修業で、いろんな料理を作っている。まぁそれは毎日の僕や文さんの三度三度のご飯になるし、従業員の皆の賄(まかな)いにもなるんだけど、こうして僕のための夜食にもなったりする。

「太りそうだよ」

「坊ちゃんはもう少し肉と筋肉を付けた方が男前が上がりますよ」

そうは思うけど。

午後十時五十分過ぎ。隣の部屋の文さんはそろそろ寝る支度を始める頃。余程のことがない限り文さんは十一時過ぎには布団の中に入る。勤め人じゃないんだから少しそれは早いようにも思うけど、寝つきが悪いからなんだって。なんだかんだで寝入るのはたぶん十二時過ぎとか下手したら一時頃になってもうとうとしてるって。

それは記憶障害には全然関係なくて、あの子は昔からそうだったたって母さんが言っていた。

「仁さんはさ、文さんのことを生まれたときから知ってるんだよね」

「もちろんですぜ」

頷いてから、にっこり笑った。

「今でも覚えてまさぁ。女将さんが病院から帰ってこられて、赤ちゃんの文お嬢さんをね、こう抱っこしてて、その可愛らしいこと可愛らしいこと」

うん。文さんの赤ちゃんのときの写真をこの間見たけれど、本当にカワイイ赤ちゃんだった。

「その頃って母さんもまだ中学生ぐらいで」

「綾お嬢さんもまた文お嬢さんとは違う可愛らしさを持ったお嬢さんでしたぜ。聡明って言葉がぴったりでね。可愛い妹ができたのを本当に喜んでやした」

「一回り以上も違う妹って、けっこうびっくりだよね」

仁さんがちょっと苦笑いした。

「当時は私らもちょっと驚きましたけどね。まぁ仲がとてもよろしかったお二人でしたからね」

うん、僕のイメージもそうだ。祖父ちゃん祖母ちゃんは仲が良かった。

「その頃には、岡島さんはもういたんだよね」

三十何年もいるベテラン仲居の岡島さん。仁さんが頷いた。

「いやしたね。岸さんや岩村はまだ十年ちょいですからいませんでしたけど、あの頃は誰が働いてたか」

ちょっと首を捻ってから続けた。

「厨房では上田とか、駒井とか。仲居では、吉田さんや浜本さんなんてのもいましたかね」

「けっこう出入りがあったの？　従業員って」

「それほどにはなかったですぜ。皆長く働いてくれやした。居心地いいお店ですからねここは。それこそ」

少し淋しそうな顔を見せた。

「お葬式には、ほとんどが顔を見せてくれたはずですぜ」

そうか。

昔働いていた人も来ていたのか。きっと僕のことを知ってる人もいたんだろうな。

「名簿とかって事務所にあったよね。ここで働いてた人たちのも、常連さんのも、葬儀に来てくれた人のも」

ありやすね、って仁さんが頷く。

「名簿をどうしやすか」

「いや、ちょっと勉強しておかなきゃならないかなって」

別に跡継ぎになるつもりも予定もないけれど。

この店の歴史とか他にどんな常連さんがいるのかとか、そういうのは知識としてあった方が〈御挨拶〉するときの態度にも表れると思うんだ。

「ただ文さんにくっついて〈御挨拶〉するだけなら猿でもできるでしょ？」

「確かに、そうですね」

いいことですぜ、って仁さんも頷いた。

あれこれ話して、仁さんがもう寝るって自分の部屋に帰ったので、ついでだと思って玄関を入ってすぐのところにある事務所に入った。

事務所って言っても、祖父ちゃん祖母ちゃんが仕事中に使っていた和室だ。壁にタンスやロッカーが並んでいたりして、いろんなものが入っている。母さんの話では居間はもちろん別にあるんだけど、ほとんどここは二人の居間みたいになっていたらしい。

「この辺だよな」

昔の帳簿とかも全部ここにあるし、葬儀のときの弔問客のリストなんかも整理してここにしまっておいたのを見た。

「お」

戸棚を開けたときに奥に渋いものがあるのが見えた。

「写真のアルバムか」

見ただけで古いってわかる布張りの硬い表紙。

「あー、なんか」

記憶にある。昔、祖父ちゃんに見せてもらったような気がする。取り出して座卓の上で広げた。

「やっぱりそうだ」

〈青河邸〉の前にずらりと人が並んで撮った写真。まだ祖父ちゃんも祖母ちゃんも若くて、一緒にひい祖父ちゃんとひい祖母ちゃんも写っている写真。この頃はまだ母さんも文さんもいない。

見たよこれ、って独り言を言いながら探したら、いた。まだ若い頃の仁さんだ。

「何してるの？」

後ろから声がして文さんだってすぐにわかった。

「や、アルバム見つけちゃって。起きてたの？」

文さんはパジャマ姿だった。ものすごくゆったりした柔らかそうなピンク色のパジャマ。

「何か音がしたから」

「あぁごめん」

ううん、って言いながら隣に座ってくる。

「ひょっとして、このアルバムは最近見た？」

訊いたら、頷いた。なんか文さんは寝ぼけているみたいにふにゃふにゃしている。そして
なんかいい匂いがする。

「見たわ。何か思い出せないかなって」

「どうだったの？」

小さく首を横に振った。

「思い出していたら、光くんにも言うわ」

だよね。

「じゃあ、この仁さんの若い頃も」

「あぁ、それはわかるわよ。覚えていたんじゃなくて、仁さんの今を知っているんだから」

そう言ってアルバムを少し自分の方に引き寄せて、ページをめくった。

「ほら、これも仁さん」

「若い！」

めっちゃカッコよかったんだ仁さん。

「でも、その他の人はまるで覚えていないわ」

他にも、厨房に並んで撮った写真もあった。仁さんと並んでいる白衣の男の人は以前に働いていた板前さんなんだろうし、和服の人は仲居さんなんだろうけど。

「この板前さんイケメンだね」

「そうね。名前はめくると出てくるわよ」

「めくる？」

写真は四隅に何か三角形のものが貼ってあってそこに挟んであるだけなんだ。たぶん、昔はこうやって写真をアルバムに綴じていったんだと思う。写真をその挟んであるところから外すと、確かに万年筆で書いてあった。

「あ、本当だ」

〈二瓶〉は仁さんで、その隣に〈上田〉〈駒井〉って書いてあった。仲居さんは〈吉田〉さんと〈浜本〉さん。

さっき仁さんが言っていた名前ばかりだったと思う。

「私が小さい頃まではいた人もいるのに、全然わからないのよね」

文さんが少し淋しそうに言う。

「光くん、こんな夜中にアルバムを見に来たの？」

「常連さんのリストとか、弔問客のリストとか、そういうもので勉強しておこうかなって思って探したらこれが出てきて」

そうか、って文さんが頷きながらゆっくり立ち上がって、戸棚からファイルとか住所録とかいろいろ出して、座卓に置いた。

「この辺に、全部あるわ。部屋に持っていって見ていいからね」

「サンキュ」

「寝るわね。おやすみ」

「うん、おやすみ」

いい匂いがする文さんに少しドキドキしていたのは内緒だ。

部屋にリストのファイルを持って戻ってきたらもう今日になっていた。今日、食事に来る小松義則さんってお医者さんの病院はどんなところなんだろう、って思ってパソコンでググったら、〈小松循環器内科〉のサイトなんかなかった。

でも、医療機関紹介サイトや医療ナビとかいろんなものでヒットはした。

「そうか」

小さな個人病院はサイトなんかなくてもいいのか、ってことを初めて知った。いろんなデータベースに名前はあって、お医者さんは一人で看護師さんは三人で准看護師さんは一人いて、っていう細かいデータまでそこに載っていた。でも、そういうテキストでのデータだけなので、小松義則さんがどんな顔をしているかまでは載っていない。

名前でググったら、何人かの小松義則さんが出てきてどの人がお医者さんなのかはわからなかった。

（まぁいいか）

どうせ今日の夜になったら顔を合わせるんだ。ついでに不動産屋の篠崎さんをググったら、こっちはちゃんと会社のサイトがあった。当然だよね。不動産屋さんなんだから。

〈篠崎不動産〉のサイトは意外にちゃんとしていた。

ちゃんとっていうのは失礼だけど、なんか、勝手なイメージだけど、不動産屋にありがちな古くささとかは、まったくない。賃貸や売買物件を探すのに、良い感じのサイトだった。

篠崎さんの写真とかは載っていなかったけど。

嘘をついた篠崎さん。

そして火事について何かを調べようとしていたかもしれない篠崎さん。

全部、刑事の磯貝さんに会ったときに教えた。

やましいことなんか僕にはもちろん文さんにもないんだから、教えたって何の不都合もない。磯貝さんに、文さんが推測した愛人さんのことも伝えた。

☆

「なるほど」

大きく頷いて、確かに気になりますねって磯貝さんは言った。

「確かに警察はその情報は発表していません」

「でも、ネットに一瞬出たんですよね？」

磯貝さんがニヤリと笑った。

「その篠崎さんという不動産会社の方はお年寄りなんですよね？」

「そうです」

「一概には言えませんが、ネットの情報に詳しいとは思えませんね」

確かにそうなんだ。

「いいでしょう」

磯貝さんがスマホを取り出して、何か打ち込んでいた。メモでも取ったのかもしれない。

「その篠崎さんの愛人疑惑は、僕の方で調べておきましょう」

「いいんですか？」

「関係があるかもしれません」

それはひょっとしたら篠崎さんが〈第五の人物〉って可能性も、って言ったら、可笑しそうに笑った。

「それはさすがに穿ち過ぎかもしれません。まぁ通りすがりの殺人鬼の可能性をゼロではないと言うなら、篠崎さんが四人を殺した殺人鬼の可能性もゼロではないでしょうけどね」

確かに。

「しかし、その身元不明の焼死体のことを知っていたというのは、気になる情報です」

「ですよね」

「篠崎さんは〈銀の鰊亭〉の常連であり、亡くなられた文さんのご両親のこともよく知っていたわけでしょうからね。本人には気づかれないように調べておきましょう。文さんがネットで調べたという錦町のアパートの名前は〈レジデンス錦〉と〈サリュート錦町〉、〈クレストしの〉と〈クレストしのⅡ〉の四つですね？」

そうです、って頷いた。さっき言っただけで覚えたのはさすが刑事さんだなって感心した。

「もしもアパートに愛人さんだか、元愛人さんだかが本当にいて、何かが起こりそうだったら」

「もちろん、未然に防ぐ努力をしますよ。部署が違いますけどね」

ちゃんと結果は教えてくれるっていうので、ＬＩＮＥで連絡を取れるようにした。

☆

文さんも磯貝さんには会っているんだけど、僕も会っていることは、ましてや篠崎さんのことを教えたことは言えない。とりあえずは内緒だ。

「今日のお客様、小松さんだけど僕が知っておいた方がいいことは何かある？」

訊いたら、軽く首を横に振った。

「特にはないみたいね。名簿に書いてあることを覚えておけばいいだけ」

文さんがそう言って、仁さんも頷いていた。要するにおじいちゃんの古い知人のお医者様っていうだけだ。

「失礼します」

この間と同じように、そう言って一拍置いてから文さんは襖をゆっくりと開けた。開けて頭を下げるので、これも前と同じように後ろで控えながら僕もそうした。

「いやぁ」

男の人の声。いかにも年取ったおじいさんの声だ。

「文ちゃんか」

「本日は誠にありがとうございます。女将の文でございます」

文さんが、すい、って滑るように座敷に入っていくので、僕もにじり寄る感じで後からついていく。

「いやいや、元気そうで何よりだよ文ちゃんや」

文ちゃんって呼ぶんだな。

小松義則さんは白髪の坊主頭で、すごく小柄なおじいさんだった。笑った顔はすごく親しみやすくて、こういうお医者さんなら診てもらう人はとりあえずは安心するかなって感じ。

向かい合って酒を飲んでいたのは、中年の男性。名前は加島さんっていうはず。焦げ茶色のジャケットを着たままで、ものすごく四角い顔をしたけっこうごっつい感じの男性。ラグビーでもやってるんじゃないかって感じ。

「小松様、本日はお越し頂きありがとうございます。加島様、ようこそお出でくださいました」

ラガーマンの加島さんって覚えておこう。

「加島くんはね、僕の友人の息子さんでね。一度はここの料理を楽しみたいって言っていたんでね」

「そうでしたか。ありがとうございます」

「加島です」

ぺこんと頭を下げた。髪の毛が黒々してものすごくもっさりしてる人だ。髭も濃そうな感じ。

「小松様。こちらは私の甥の光です。今日はご挨拶にと連れてきました」

「甥御さん。ということは、綾ちゃんの息子かい」

「はい」

ここで、挨拶。

「桂沢光です。どうぞよろしくお願いします」

「イケメンだなぁ。こんなお孫さんがいたんだなぁ玄蕃さん」

イケメンじゃないけど、はいそうなんです、って笑顔で頷く。

小松さんはよく手を動かす人だ。僕のまったく個人的な印象なんだけど、喋るときに一緒に手をよく動かす人って、恥ずかしがり屋さんが多いんじゃないかって。自分の表情をあまり見られたくないから手を動かしてそっちに注意をそらすみたいな。

「光くんは、学生さんか？」

「そうです。M大です」

「ここを継ぐんかな？」

微笑んで首を横に振っておく。

「まだ、そういう話にはなっていません。今はここに下宿しているので、実質アルバイトです」

「そうかそうか」

笑って頷いて、小松さんは眼の前の加島さんを見た。

「M大なら、君の後輩だな」

「そうですね」

あ、そうだったんですね。何をやっている人なのか訊きたかったけど、向こうが何も言わないんだからこっちからは訊けない。

「もうすっかりいいのかい。身体の方は」

小松さんが少し心配そうに文さんに訊いた。

「はい、お陰様でこの通りです」

良かった良かった、っていう前と同じような話になる。まぁそうだよね。火事と入院の後で見舞いがてら食事に来ているんだから。

「まぁあれだ、文ちゃんは町立の方に行ってるが、光くんな」

「はい」

「風邪でも引いたらすぐにうちに来なさい。M大からも近いから」

「ありがとうございます」

お医者さんが知り合いって、何かと助かるような気がするよね。

「それではどうぞごゆっくりと」

「何だ。もう戻っちゃうのかい」

小松さんが言うので、文さんが微笑んだ。

「それでは後ほど、また光を寄越しますので」

また僕だけ？

☆

「こちら、焼き物です」

今日の焼き物も、篠崎さんのときと同じ〈あいなめの木の芽焼き　香り付け〉だ。でも、事前に調べておいてよかった。小松さんの病院の近くには大盛りで美味しいって評判で大学生がよく通っているラーメン屋があるんだ。そんな話を振ったら、うんうんって頷いていた。

「あそこはもう二十年も営業しているな。私も若い頃はよく行っていた」

ところで、って僕を見て小松さんは続けた。

「さっき、ここに下宿していると言っていたけどな」

「はい、そうです」

小松さんが魚を食べて、旨い、って言った。

「ありがとうございます」

「旨さは変わらんな。板前の二瓶さんも変わっとらんのだろう？」

「変わっていません」

ずっとここの板前さんだ。

「それじゃあ、今この〈青河邸〉に住んでいるのは、文ちゃんと光くんと、板前の二瓶さんの三人かね」

そうですね、って頷いた。どうしてそんなことを訊いてくるのかよくわからないけど。

「昔はあれだ、従業員が全員住み込みで働いていた時代もあったものな」

「そうらしいですね」

僕はよく知らないけれど。

そこで加島さんが、ちょっと、って言いながら立ち上がった。

「すみません。トイレへ」

あ、まずい。また文さんが廊下で聞いているかも。

「あ、ご案内しましょうか」

邪魔しているって悟られないように、さりげなく加島さんの前に立った。

「いやいや、大丈夫ですよ。左ですよね？」

文さん、もう去っただろうね。

「はい、部屋を出て廊下を左に行きまして、すぐ角を右に曲がるともう標示が見えますので」

どうも、って言いながら襖を開けた。うん、文さんはいない。それにしても加島さん、本当に大きい人だ。きっと一九〇センチ近くあると思う。そのまま失礼するのもなんなので、一度座り直したら小松さんが、くいっ、と御猪口を空けた。

「光くんは、まだ未成年か」

「はい、そうなんです。まだ十八歳です」

「じゃあ、加島くんが戻るまで一杯付き合えとは言えんな」

申し訳ないです、って頭を下げる。どうしてお酒を飲む人は、周りの人に飲ませたがるんだろうね。僕は二十歳（はたち）になってもお酒を飲みたいとはあまり思わないんだけど。

「加島さんは、あれでしょうか。いい体格をしてらっしゃいますけど、何かスポーツをやられているんでしょうか」

もう話題がないので訊いてみた。

「あぁ、柔道をやっているって言っていたな」

柔道か。あの体格なら何キロ級なんだろう。

加島さんが戻ってきたら失礼しようと思っていたのに、なかなか戻ってこなかった。仕方ないので祖父ちゃんの話とかをしてもらっていた。

何でも祖父ちゃんはかなりの健康体で、そして病院嫌いだったみたいだ。小松さんはもう四十年来の付き合いだったらしいけど、その間に病院に来たのはほんの数回だったって。

「まぁ頑固な男だったたな」

「そうだったんですね」

それにしても加島さん、トイレが長い。大きい方だろうか。まさか料理でお腹を痛くしたってことはないよな。小松さんは平気な顔をしているもんな。

十分もして、次の揚げ物の料理を岸さんが持ってきたときに、同時に加島さんが戻ってきた。

「迷ってしまいました。うろうろしてすみませんでした」

「いえいえ」

迷っていたの？

☆

次の日の夕方だ。家に帰ってきて部屋にカバンを置いたところで、ＬＩＮＥの通知音がスマホから鳴った。

「お」

磯貝さんからＬＩＮＥ。

【確かに小火騒ぎはありませんでしたね。そしてどうやら篠崎氏が〈レジデンス錦〉によく出入りしていたようです】

そうなのか。

【女性の部屋にってことですか】

【名義は男性ですが、女性もいるようなので夫婦でしょうか。少なくとも愛人を一人で住まわせているという疑惑は消えるかもしれません。自社のアパートに知り合いを入居させてそこに出入りしていたとしても、別段おかしい話とは言えないですからね】

確かにそうだ。

【何故小火があったなどと嘘をついたのかは本人に訊くしかないでしょうが、気に留めておきましょう。それよりも、ちょっと気になることがあってＬＩＮＥしたのですが】

【何ですか？】

【昨日そちらに桑本(くわもと)という男が食事に行きませんでしたか】

桑本？

【いえ、来てません。昨日は小松さんというお医者さんと、その知り合いの加島さんという

男の人の一組だけです】

少し間が空いた。

【その加島という男は、体格が良くて顔も四角い男ではないですか？】

その通りだけど。

【そういう人でした。まるでラガーマンみたいな】

また間があって、今度は写真が出てきた。

【この男では？】

加島さんの写真だった。

【そうです。この人です】

【この男は、加島という名前ではないです。桑本という調査会社の人間です】

調査会社？

え？

【探偵ってことですか？】

【そういうことです。ただし桑本の場合は身辺警護もできる調査員です】

身辺警護もできる調査員。

【え？　それってどういうことですか】

なんだそれは。どうして偽名を使ったんだ。

【私にもわかりません。偽名を使ったということは何かしら知られたくないことがあったのでしょう小松医師には。ただの友人なら偽名を使う必要はないですからね】

【ですよね】

【そして調査会社は基本的に依頼がなければ動きません。小松医師が桑本に何かの調査か、身辺警護を依頼したってことでしょう。その上で〈銀の鰊亭〉に食事に行ったのですね】

全然わからない。どうして身辺警護の人間を連れて、うちに食事に来るんだ。

【何か、おかしな様子はなかったですか？　小松医師か、あるいは桑本に】

あ。

あった。

加島さん、いや、桑本さんは。

【トイレに行って、迷っていました】

2

トイレですか、ってＬＩＮＥを送ってきてからしばらく間が空いた。何かを考えているんだなっていうのはわかったからそのまま待った。

ＬＩＮＥの返事を待っている間って、しかも必ず来るってわかっているのを待つのって何か変な感じがするよね。そんなはずないのに、来るほんのコンマ何秒か前に何かを感じるんだ。僕だけかな。

まったくの杞憂（きゆう）かもしれませんがって、磯貝さんは言った。いや、ＬＩＮＥで送ってきた。

【桑本はトイレに行って迷ったふりをして、盗聴器を仕掛けたという可能性がありますね】

【盗聴器ですか⁉】

盗聴器。

全然わけがわからない。どうしてお医者さんの小松さんが調査会社の調査員を連れてきて、その人にうちに盗聴器を仕掛けさせるっていうんだ。

【このままＬＩＮＥ続けていいですか？　できれば会って話したいところですが私も捜査をいろいろ抱えているもので】

今ならちょっと空いているんだって磯貝さんは送ってくる。

【いいですいいです】

ここで終わってもらっても困ってしまう。

【妄想と言われてもしょうがないですが、小松医師が調査員である桑本に偽名を使わせて連れてきたということを考えれば、その可能性はゼロではないですね】

【そうですよね。しかもトイレに迷ったっていうのがね】

そのときも変だなってちょっと思ったんだ。迷うようなところじゃないんだ。角を曲がればお手洗いは向こうだっていう木の札が目立つように掛かっているんだから。よっぽどの近眼じゃなきゃすぐにわかるはず。

【小松医師は昔からの常連なのでしょう。であれば〈銀の鰊亭〉の間取りをある程度わかっていて当然です】

【あ、じゃあ、あらかじめその桑本さんって人と打ち合わせしておいて、盗聴器を】

【そういうことです。ただし、その目的はさっぱりわかりませんが】

そうだよね。

でも。

【小松先生が、火事に関係している〈第五の人物〉って可能性も出てきましたよね?!】

次のＬＩＮＥが来るまでまた少し間が空いた。

【ゼロではない、という意味ではそうですが、だとしてもです。一年も前の事件に関して今さら盗聴器を仕掛けてくる意味がわかりません。それを仕込むことで何を知りたがっているのかが】

【ですよね】

僕にも文さんにもそんな盗聴器で狙われるような秘密なんて、ない。少なくとも僕にはまったくない。せいぜいあの火事で謎の焼死体があるっていうのを知ってるぐらいだ。

【しかし、不動産屋の篠崎さんに加えて、今度は医師の小松さんですか】

そうだった。怪しいっていうか、よくわかんない行動を見せてきたのは二人目ってことになってしまうんだ。

【身辺警護の意味も不明ですよね】

まったく意味がわからない。誰に襲われるっていうんだお医者さんが。

【その通りですね。ただ盗聴器を仕掛けるために調査員を雇うのなら、それは桑本じゃなくていいはずです。むしろあのガタイはこそこそ動くには目立ってしょうがないから向いていません】

【たまたま桑本さんしか空いていなかったとか】

【そこの調査会社は大手ですからね。そんなはずはないですよ。何故桑本を使ったのかは本当に疑問です。確実に身辺警護の必要性があったとしか思えませんね】

【その桑本さんは、有名というか、よく知っているんですか？】

また少し長い時間、ＬＩＮＥが来なかった。

【調査会社の社員であることは間違いないんですが、実は元警察官です】

警察官。

【と言っても、私の同僚だったとかそういうことではないです。単純に以前の職業は警察官で、ある事情があって辞めたという話です。それで、警察関係者にも顔が知られていて、今回私が連絡したことに繋がるわけです】

そういうことか。

【誰か他の警察の人が、桑本さんがうちに来るのを見かけたわけですね？】

【そういうことです】

それで連絡をくれたんだ。

【もちろん、小松医師がまったく火事には関係のないところで身辺警護の必要性を抱えていて、単純に依頼したということも考えられます】

まぁそれはそうだ。一般の人が身辺警護の必要性を覚えるって一体どんな状況なのかが想像つかないけれど。

【もしそうなら、トイレに迷ったのも本当ってことですね】

【そういうことです。まぁ調査会社の人間が、しかも身辺警護で来ているんだったら迂闊過ぎるんですが】

それもそうだ。うわ、どうしたらこの疑問が解決されるんだろうか。

【磯貝さん。盗聴器って僕みたいな素人でも見つけられますか？】

少し間が空く。考えているんだろう。

【基本的には可能ですね。ただしプロが仕掛けた盗聴器を何の機器も使わずに手作業で見つけるのは相当な時間が掛かるでしょう】

【盗聴器の発見器って売ってますよね。けっこう安いのも】

【お手頃価格な盗聴器発見器で盗聴器を見つけるのは、実はかなり難しいですよ。それこそプロでなければ見つけられません】

なんだそりゃ。

【ものすごい矛盾してますね】

【簡単に言えば、安いものは感度が悪いんですよ。感度が悪ければ、素人はいったい何を基準にすれば盗聴器だとわかるのか判断できないんです。所詮は電波を捉える機械ですからね】

【プロ用なら、素人でもはっきり盗聴器がそこにあるってわかるってことですか】

【そういうことです。そしてプロ用はもちろん高いです。ですからAmazonで安いのを買ったりしないでください。本当にお金のムダです】

じゃあ、どうしたらいいのか。

【盗聴器が隠せるような場所を地道に探した方がいいですかね】

【それこそムダな努力になりかねませんね。そもそも盗聴器があるかどうかもわからないんですから】

【ですね】

【しかし、もしも本当に盗聴器が見つかったならば、そしてその盗聴器に桑本の指紋でもついていれば私が動けるようになるかもしれません】

それって。

【桑本さんの指紋は警察のデータベースにあるってことですか】

【たぶんありますよ。前科のある犯罪者としてではなく元警察官としてってことですが】

なるほど。警察官ってやっぱり指紋登録されているものなのか。辞めても指紋はそのままなんだな。

【もしもそういう盗聴器があったら、何らかの事件の可能性が出てきて、また磯貝さんが仕事として動けるってことですよね】

【そういうことです。ただしほんのわずかな可能性です。本当にそういうものが見つかったとしても桑本なら守秘義務とかでのらりくらりと躱(かわ)すでしょうけどね。それでも再度時間を取ってどういうことなのかを調べることはできるはずです】

【探します。盗聴器】

【待ってください。どうやって探せばいちばんいいかを考えてＬＩＮＥします。一日二日掛かるかもしれませんが、待っててください】

【わかりました】

【わかっているでしょうけど、それまで迂闊な会話はしないようにしてください。盗聴器がどうのこうのとか】

【了解です】

ＬＩＮＥはそこで終わった。

「えー」

思わず、声が出た。言いそうになったけど、寸前で堪えた。

盗聴器。

(盗聴器だぞ！)

今この十分ぐらいでその単語を何回頭の中で繰り返したかＬＩＮＥで打ったかわからない。間違いなく十八年間の人生で最高記録だ。

盗聴器。

また思ってしまった。

あくまでも仮定の話だ。でも、可能性としては確かにあるんだ。それを使うってことは、僕と文さんや仁さん、その他ここに出入りする人たちの会話を聞くってことだ。そこから何かを知ろうとして仕掛けるんだ。

(何を知りたいんだ)

お医者さんの小松さんは。

いやそもそも何が起こっているのかがまったくわからないんだから、推測のしようもないんだけど。

「でも」

火事しかない。

どう考えてもあの火事しかない。

不動産屋の篠崎さんもあの火事について何かを知ろうとしていたと思う。それは身元不明の遺体のことかもしれない。そして今度はお医者さんの小松さんだ。

偶然なのか、それとも二人とも何か同じものを狙っているのか。もしも偶然じゃないとしたら、ミステリならとりあえず探偵役とか刑事がすることは〈二人の共通点を探せ〉だ。

(共通点って)

あたりまえだけど、二人とも祖父ちゃんと友人だった。ここのお客さんだ。これは疑いようもない、間違いのない共通点。でもその共通点を持っている人は他にもたぶん山ほどいるだろうから、そこから何かを辿れるはずはない。二人とも年寄りだから同級生だったとか、昔は家が近所だったとかそういうのはないんだろうか。それは後で調べたらわかるかもしれない。

(メモしておこう)

机に座って、学校で使っているノートを出した。これなら文さんや仁さんが勝手に見ることは絶対にないから不審がられることもないな。

そもそも今はそんな話はゼッタイにできない。篠崎さんと小松さんの二人が何か知ろうとしているとか、盗聴器がどうのとかそういう会話をここで文さんや仁さんとすることも、盗聴器がないってわかるまで止めておいた方がいいんだ。

まずは一人で考えるしかない。

篠崎さんのことも小松さんのことも僕は全然知らない。ここで推測ばかりしてたってどうしようもないいんだ。わかっている事実を集めるしかない。
●どっちも二人で店に来ていた。
いや確かにそれは事実で共通点だけど何の手掛かりにもならない。篠崎さんは奥さんと来たんだから。手掛かりになるとしたら調査会社の調査員だっていう桑本さんか。共通点だけじゃなくて〈疑問点〉も挙げておけばいいか。
●篠崎さんはどこで身元不明の死体があると聞いたのか。
●愛人さんが本当にいるのか。いるとして何か関係してくるのか。
●小松先生はどうして調査員を友人の息子だと言って、しかも偽名を使って連れてきたのか。
●身辺警護が必要になるような事態になっているのか。
●なっているとしたら、何故そんなときにわざわざ〈銀の鰊亭〉に来たのか。
「そうか」

仮にだ。仮に小松先生が本当に身辺警護が必要な状況になっているとしよう。それはたとえば誰かに狙われているってことか、もしくは脅迫状みたいなものが届いているってこと。

いる。

そしてこれも仮にだけど、盗聴器をどこかに設置していったとしよう。そうすると。
●小松先生は自分が狙われている原因もしくは解決するための何かがうちにあると考えている。
そういう可能性もあるってことじゃないか。盗聴器を使って誰かの話を聞くことによってそれが解決へと繋がる可能性があるから、盗聴器を仕掛けた。おかしな考え方じゃないよな。

「僕じゃないな」

小松先生とは初対面だったんだから、僕がその原因になるはずがない。僕が知らないとんでもない僕の出生の秘密でもあるんなら話は別だけど、百パーそんなものはない。

だとしたら〈盗聴器〉を仕掛けることで小松先生が欲しがっているのは。

(文さんか、仁さんが話すかもしれない〈何か〉)

この家に住んでいるのは僕たち三人なんだから、そういうことになる。

あ、でも、もしくは。

(食事をしに来る人を狙っているのか!)

食事をする部屋は三つしかない。泊まる部屋も今は二つだけだ。そこに盗聴器を仕掛けて、これから食事をしに来る人の何かを探ろうとしている。ここに来る人は常連さんが多いし、もちろんお金持ちも多い。政治家だって東京から芸能人だって来ることもある。

その可能性は確かにあるんだ。

「いやむしろ」

そっちの可能性の方が高いんじゃないか？

「光くん、いる？」

文さんだ。

「いるよ」

「入るわね」

「どうぞー」

襖がゆっくりと開いた。こんなときでも文さんはきちんと座ってまるでお客様のお座敷に入るときみたいにする。ガラッ！　て開けてもいいのに。

「お帰りなさい」

「ただいま」

着物じゃなくて、普段着のニットにジーンズを穿いている文さんがにっこり笑う。

「今夜は予約が入っていないので、外に食事に行こうと思うんだけど」

「あ、そうなの？」

ラーメン、って言って嬉しそうにした。

「ラーメン？　食べに行くの？」

「そう」

そう言えば、文さんはラーメンが好きだったはず。母さんが言っていたような気がする。

〈銀の鰊亭〉の宿泊予約はまだ受けていないので、食事の予約がない日は通いの皆は仕事はないんだけど、賄いは出すことになっている。なので、仁さんたちはいつも通りに店で食事をするんだ。僕も文さんもずっとそうだったんだけど、二人で外でご飯を食べるのなんて、ここに来てから初めてだった。

「小さい頃にどこかで食事したことはなかったと思うんだけど」

助手席で文さんに訊いた。運転席には文さんで車は文さんの赤い軽自動車。僕が運転しようかって言ったら、免許取り立てなんだから怖くて嫌だって。運転しないと上手にならないんだけどな。

「光くんが家に来たときに、ってこと？」

「そう」

ちょっと首を傾げてから頷いた。

「ずっと家で商売をやっていたら、そうなんでしょうね。孫が遊びに来てもどこかへ行ったことなんかなかったんじゃや？」

だと思う。記憶の中では、祖父ちゃん祖母ちゃんとどこかへ行ったことなんかない。ただ僕は〈青河邸〉の中を走り回っていただけだ。

「ラーメン好きだって思い出したの？」

文さんが首を横に振った。

「ラーメンというものがどういうものかっていう知識はあったの」

そうだろうね。

「入院しているときの話をするけど」

「うん」

「覚えているけれど、意識を取り戻したとき世界は薄ぼんやりとしていたのね。それが、お医者さんを見たときに『あ、お医者さんだ』ってわかって少し世界がはっきりしたの。そして『あ、看護師さんだ』『あ、点滴だ』『あ、テレビだ』って感じで何かを見る度にそれが何であるかを再確認するみたいになって、どんどん世界がクリアになっていくのよ」

なるほど、って頷いてしまった。記憶を失った人皆がそうじゃないだろうけど、文さんはそうだったんだ。

「そうしてテレビで誰かがラーメンを美味しそうに食べているのを見て『あ、ラーメンだ。美味しそう』って思ったのよ。でも牡蠣を食べているのを見ても『あ、牡蠣だ』って思っただけで美味しそうとは思わなかったのね。だから、きっと私は牡蠣がそんなに好きじゃないんだと思う」

「そうか」

「ちょっと今姉さんにＬＩＮＥできる？」

「できるよ」

「私が牡蠣が好きかどうか訊いてくれる？」

訊いてみた。六時だからちょうど晩ご飯の時間で家にいるはず。

【文さんが牡蠣が嫌いだったか好きだったかわかる？　知りたいって】

送ったらすぐに返ってきた。

【一緒に牡蠣を食べた記憶がないんだけど、貝類はそんなに好きではないはずよ】

「だって」

「そうよね。たぶん」

うんうん、って納得したように文さんは頷く。どこのラーメン屋に行くんだろう。

「光くんにだけ教えるけれど」

「え、なに」

「私ね、まだ学生の頃に日記をつけていたの。毎日じゃないけど、週に三日ぐらいは」

「そうだったの？」

それは本当に初耳だった。

「思い出したの？」

文さんは首を横に振った。

「見つけたのよ。日記を」

見つけた？

「でも、母さんは前に何も言ってなかったよ。文さんの部屋を見てみたって話していたけど」

文さんが記憶障害を起こしているってわかったときだ。何か記憶を呼び覚ますようなものはないかって、母さんは文さんの部屋を探したんだ。それこそ日記とかないかって。

「そうよね。それは私も聞いた。でもね、最近見つけたの」

「日記を？」

「そう」

「どこで？」

「机の引き出しのひとつが、二重底になっていたのよ。それを一週間前ぐらいに見つけちゃって」

二重底。文さんの部屋にある机も、ものすごくクラシックな机だ。それは母さんが使っていたのと同じもので、それこそ明治時代に作ったんじゃないかってぐらいのアンティーク家具。たぶん特注品だと思う。

「僕が使っているのとだいたい同じものだよね」

「そう。だからひょっとしたら光くんのにも二重底があるかもね。右側の二段目の引き出しよ」

マジか。帰ったら見てみる。

「その日記を読んだんだ」

「記憶が甦るかもと思って、毎日少しずつ読んでいたんだけど、全然駄目ね。よその女の子の日記を読んでいるみたい」

そうなのか。

「何か、大切なことっていうか、好きな人のこととか、そういうのは書いてなかったの？」

「ラーメンが好きだってことはよくわかったわ。他にもカレーライスとかオムライスとか。食べることは本当に好きだったみたいね」

思うに、って文さんは続けた。

「家があういうところだから、ラーメンとかオムライスとか、そういうものが食卓に上ったり食べたりすることがほとんどなかったんじゃないかしらね」

「あー、そうかもね。母さんがそんな話をしてたような気がする」

そうだ、言ってた言ってた。

「学生の頃って、高校生の頃？」

「中学と高校の頃ね」

思春期の頃か。いや僕もまだ思春期だと思うし日記なんかつけたことないけれど、そんな食べ物の話しか書いていないいんだろうか。

第三章

外食産業の〈加原様〉

1

次の日だ。

まだ磯貝さんからＬＩＮＥは入ってこないので何もしていない。きっと他に事件をたくさん抱えているんだろうと思う。でも、一応自分の部屋は何となく探してみたけど、変なものは見つからなかった。ついでに机の引き出しの二重底を探したら、本当にあったんだ。でも僕の引き出しの中には何にも入っていなかった。埃があっただけ。ひょっとしたらこの〈青河邸〉にはそういう秘密の引き出しとか隠し部屋とかあるんじゃないかって思ってしまった。何せ古い家なんだから、あり得るよね。

大学から帰ってきたら、仲居の岡島さんが宿泊の部屋の用意をしていたので、あれ？　って思った。まだ宿泊の受け付けはしていないはずだったけど。

もう五時を回っていたのですぐに着替えて厨房に回った。今日は二組の予約が入っているけれど、特に常連さんではない。なので、〈御挨拶〉は文さんだけで僕はしなくていい。常連さんでもないのに見た目通りの学生バイトみたいな僕が出ていったら戸惑っちゃうかもしれないからって。

「仁さん」

「なんです」

「宿泊予約受けたの？　岡島さんが座敷の用意をしていたけれど」

あぁ、って頷いて首を横に振った。

「お客様には違いないですがね。金は落ちないです。ただの客です。文お嬢さんのお見舞いに寄るとかで」

加原（かはら）さんが来ます、って仁さんが言った。

「加原さん」

ただの客？　って何だ。

「加原竜夫（たつお）さんですよ」

誰かなそれは。

首を捻ったら、仁さんがうん、って頷いた。

「光坊ちゃんは知らないでしょうな。青河家とは親戚ですぜ」

「親戚？」

「そうです」

「え、じゃあ、僕とも親戚」

あたりまえだけど。仁さんが笑った。

「そうなりやすね」

そんな名前はまったく聞いたことがないけど。

「その人が泊まりに来るってこと？」

「泊まるかどうかはわかりやせんけどね。顔を出すという電話があったもので、一応準備だけは。泊まらなきゃ遅くなっても帰るんでしょう。あ、坊ちゃん蒸籠を熱い湯で洗っておいてください。洗剤は使わずに」

「了解です。どういう親戚なの？」

「旦那さんの叔母様の娘さんのお子さんですぜ」

来たな。ややこしい遠い親戚。

「えーと、祖父ちゃんの、叔母さん？」

まずはそこからだ。

「そう、旦那さんのお母様の妹さんですね。つまり、光坊ちゃんからすると、ひいお祖母様の妹さん」

うん、わかった。

「そのひいお祖母ちゃんの妹さんの子供の子供、が、今日顔を出すって言ってきた加原竜夫さん、ってこと？」

「そういうことです」

後で家系図を見てみよう。確かどっかにあったはずだけど親戚は親戚でも遠いことは確かだ。

「それは、何て言うんだろう。僕にしてみると加原竜夫さんは、いとことかそういう呼び名では」

「さっぱりわかりやせんね」

仁さんが笑って肩を竦めた。

「ただの親戚ってことでいいんじゃないですかい。遠いとはいえ、親戚には違いねぇんですから」

そういうことだね。

「文さんは知ってるの？」

「何度かはお会いしているはずですがね。もちろん文お嬢さんは覚えてはいないでしょうね」

「僕は、昔に会ってないよね」

会ってないこともないはずなんですがね、って仁さんは頷いた。

「旦那さんと女将さんの葬儀のときはたぶんいやせんでしたね。法事なんかで集まったときには、確かいたはずですぜ。坊ちゃんに覚えはないでしょうが」

「まったくないね」

法事で覚えているのは、本当にたくさんの人がお寺の本堂に集まっていたっていうことぐらいだ。

文さんに遊んでもらったのは覚えているけれど、あの法事が一体誰の法事で何回忌だったのかも全然わからない。

「何時頃来るの？」

「七時には着くそうです。ですから、お食事を用意しますんで坊ちゃんは竜夫さんと一緒に食べてください」

「マジですか」

「親戚ですからね。きちんと相手をしてくださいや。竜夫さんはきっと覚えているはずですよ光坊ちゃんのことは」

まぁそうなるよね。僕は、祖父ちゃんの娘のしかも長女の息子で、一応は青河家の直系なんだから。

「竜夫さんは何歳で何をやっている人なの？」

さて、って仁さんは少し考えた。

「何歳になったんですかね。たぶん三十後半か四十少し過ぎかそれぐらいでしょう。あまり付き合いはありやせんから、詳しくは知りやせん」

なるほど、中年のおじさんだな。

「仕事は、まぁ同業者です」

「同業者？」

「ただし、いわゆる外食チェーンってやつで。〈ゆうげ〉って居酒屋の名前を聞いたことありませんか」

「あるある」

知ってる。

「それと、何でしたかね〈トーレンズ〉だったか、そういう名前のカフェですか」

「知ってる。入ったことないけど」

「節操がないですけど他にはイタリアンレストランの〈カプッチェーゼ〉でしたかね」

そこも見たことある。入ったことはないけれど、本当に節操がないな。

「それを全部やっている人？」

「そうです。社長さんですな」

節操はないかもしれないけど。

「中々に有能な人なんだね」

「そうかもしれやせん。けれども」

「けれども？」

仁さんの顔がちょっとだけ歪んだ。

「光坊ちゃん」

「うん」

「これは、ただの板前のあっしが言うべきことじゃあねぇんですけどね」

「いや、仁さんはただの板前じゃないよ。〈銀の鰊亭〉をずっと支えてきた、今では唯一の人じゃないか」

本当にそうだ。仁さんがいなかったらここはやっていけないって、バイトをしてよくわかった。

「何か、ヤバい人？」

そうなら事前に情報が欲しい。仁さんが本当に嫌そうな顔をした。

「ゲスな言い方をしやすが、竜夫さんは文お嬢さんを狙ってますから、ぜひ光坊ちゃんがその辺を用心してください」

マジですか。文さんを狙ってるって、子供じゃないのでその意味は充分にわかるけど。

「それは、ひょっとして両方の意味合いで？」

訊いたら、仁さんは唇を歪ませた。

「確認したわけじゃあないですがね。そういうことでしょう」

そういうことか。加原竜夫さんという親戚は、文さんと同時に〈銀の鰊亭〉も狙ってるってことか。まぁもしも文さんを手に入れれば、つまり結婚でもしたならそれは〈銀の鰊亭〉をも手に入れるってことになるんだけど。

「結婚ってことだよね。親戚なのに」

「そんなに近い親戚じゃありやせんからね。仮に結婚ということになっても道義的には問題はないでしょうな」

「だね」

そうだと思う。確か日本の法的には、いとこだって結婚はできるはずだ。昔のドラマや映画ではそんなのを扱ってるけど、現実ではいとこ同士で結婚したって話は聞いたことないんだけど。そして文さんと加原さんはいとこではない。もっとずっと遠い。

「でも文さんは相手にしないでしょ」

「しないでしょうな。けれども、仮にもいくつも店を経営する社長さんです。しかも親戚なんですから、この〈銀の鰊亭〉を搦め手から、さらに法的に正しく手に入れられる手段もいろいろ考えて、わかっているんじゃないですかね」

「独身なんだよね？」

「確か、何度か結婚してるはずですぜ」

「何度か」

「今は独身かもしれやせんね」

そっちでも経験豊富ってわけだね。仁さんが手を止めて、僕を見た。

「旦那さんは生前、加原さんを、いや加原さんだけじゃなくこの店の権利を手に入れようとする親戚連中を、はっきりと遠ざけていやした。親戚として付き合う分には問題にしやせんでしたが、少しでも店の権利や将来の話をしたら、その場で退席したほどです」

「そうなんだ」

「何度かは、反対に怒鳴りつけてその場から追い出したこともありやしたね。加原さんではなく、別の親戚ですがね」

「怒鳴ったの？　祖父ちゃん」

仁さんは、にやりと笑った。

「あれで旦那さんは若い頃はなかなかの武闘派でした。気性だってけっこう荒かったんですぜ。祖父としてしか接していない坊ちゃんには見せない顔でしたな」

「そうなのか」

そう言えば母さんが言っていた。小さい頃はお父さん、つまり祖父ちゃんに怒られると怖かったって。

「祖父ちゃんは、玩具を作ってくれる器用な祖父ちゃんってイメージしかないけどね」

「器用でしたね。屋敷の修繕なんかもお手の物でしたし」

本当に器用だったんだ。今でも覚えているけど、木の玩具をその場で作ってくれたりしたんだ。動物をたくさん木で作ってそれをパズルにしてくれたり。たぶん今でも実家にあるはず。

「とりあえず、今日の僕は文さんと一緒にいればそれでいいね」

「そうですね」

僕と一緒のところで、文さんをくどくはずもないだろうし。

「あ」

LINEだ。来たかな。

「ちょっとごめんね」

仁さんに言って少し離れて、スマホを見たらそうだった。磯貝刑事からのLINEだ。

【盗聴器の件なんですが】

その後を待ったけど来ないので返事を送った。

【はい】

【〈銀の鰊亭〉は見学ってできるんでしょうか。建物の外も内部も、ってことですけど】

見学？

【できると思いますよ。そういうのもお客様がなければ受け付けてるって前に言ってました】

【じゃあそれで何とかできそうです】

【というと？】

【僕の同級生で大学の准教授がいるんですが、彼は建築工学を専門にやっているんですよ】

建築工学。

【じゃあ、建築にもそれから機械にも強い人ってことですね】

【その通りです。同時に僕の悪友です。さらに都合のいいことに口が堅く信頼できる男なんです】

【その人が、見学を名目に来て、こっそりと盗聴器があるかどうかを調べてくれるってことですか？】

【察しがいいですね。その通りです】

人生で本当に必要なものはお金なんかじゃなくて人脈だって父さんが前に話していたっけ。だから友達は大事にしろって。でも、何となく疑問に思ったので訊いてみた。

【ひょっとして今までにもそんなことをやってもらったことがあるとか、ですか】

ちょっと間が空いた。

【うちの息子は使えるからって桂沢さんは言っていたんですが本当ですね】

【褒められてます？】

【褒めてますよ。これは本当に内緒ですけど、はっきり言って捜査としては違法スレスレなところでいろいろ手伝ってもらったこともあります。絶対に人には言わないようにしてください】

【もちろんです】

父さんが弁護士ってことも考慮して、磯貝さんはこれだけ僕に内緒話をしているんだ。もしも僕がこういうことをどこかで話してしまったら、父さんの立場もヤバくなるってことを僕がよく理解しているから。

【盗聴器の発見器も彼が持っていきます。邸内を見学して写真を撮るふりをしながら探します。できれば光くんがついて一緒に邸内を回ってください】

【わかりました】

【早い方がいいでしょう。これからでも大丈夫ですか】

これから?

【本当に早いですね】

【彼は大学での仕事を終えてからでなければ身体が空かないし、昼間は光くんも大学があるでしょう】

確かにそうだ。

【何とかします。大学はS大ですか?】

うちの大学には建築工学の学科なんかない。

【そうです】

【じゃあ、うちの大学に特別講義で来た准教授とかにします。そこで知り合って、前からぜひ見学したかったって感じで】

【いいですね。そうしてください。そちらに着くのは、準備もありますから九時ぐらいになると思います。夜しか身体が空かないとか、上手く誤魔化してくれると助かりますね】

【何とかします】

【名前は宮島俊です。基本的には生真面目な男ですが、気は利くしそういうことにも慣れているからご心配なく】

【了解です。ありがとうございます】

九時なら間違いなく加原さんの食事は終わってるから大丈夫だ。泊まっていくってことになっても、僕が宮島さんを案内している間は、きっと仁さんが眼を光らせてくれるだろう。

☆

文さんが、実は記憶障害を起こして過去の記憶ってものがほとんどないことは、基本的には内緒にしてある。

もちろん、頭を怪我したんだからいろいろと不都合があるってことは、訊かれたらそう答えているし、普通の人ならあぁそうだろうねってそこで納得して心配して、そして気の毒がって深く突っ込んだりはしない。

でも、親戚筋ってどうなんだろうって。いろいろと相続の関係とかあったりするんだろうから、文さんに記憶がないってわかってしまったらどうなるのか。

二組の予約のお客様に料理を出し始めた頃に、加原竜夫さんが見えましたって、仲居の岡島さんが言ってきた。

僕もちょうど厨房で手伝いをしていて、一緒に行きましょうって文さんに言われたから確認したんだ。記憶のないことを知られたりしたら、なんかマズいんじゃないかって。文さんは、ちょっとだけ首を捻った。

「マズいとは？」

「いや、ほら文さんはここの跡取りなんだし、加原さんは同じような飲食関係だから」

そう言ったら、あぁわかった、って感じで少し微笑んだ。

「それは、心配ないわよ」

「どうして？」

この〈銀の鰊亭〉なんかは物凄く魅力的な物件のはずだ。親戚ってことで記憶障害を起こしている文さんに経営能力なんかないとかどうとか言ってきたら。まぁ男として狙っているってのは、文さんならそんなのはたぶん大丈夫だとは思うけど。

「そんなこと考えてたの光くん」

「一応、文さんをいろいろと守るために一緒に住んでるので」

仁さんに言われたことは言わなかったけど、そもそもはそれが僕の役目だ。母さんに頼まれたし、父さんからも別の側面で頼まれている。そっちの方も、いろいろと文さんには内緒だけど。

「ありがとう心配してくれて。でも、本当に大丈夫よ」

「だから、どうして」

「私、記憶がないなんて悟られないから」

ニコッと笑った。

悟られないのか。そういう自信があるのか。でも、親戚なんて大抵は、いや君が小さい頃にはねぇ、なんて昔話を延々とするものなんだ。その辺で突っ込まれたらどうするのか。

「行きましょ。少なくともわざわざお見舞いに来てくれたんだから」

そうですね。

応接室として使っている座敷があるんだ。縁側も広くて庭がきれいに見えて、座敷なのにソファとテーブルの応接セットのある部屋と、食事もできるテーブルと椅子が置いてある部屋の二間続き。

失礼します、って文さんが襖を開けると、加原さんはテーブルについてコーヒーを飲んでいた。

「いやぁ、久しぶり」

加原さんが文さんを見てそう言って、次の瞬間に僕に視線が移って一瞬「誰だこいつ」って表情をしたさらに次の瞬間「あぁ」って顔になった。

「あれか！」

あれ、ってか。

「綾ちゃんの子供だな？　何だったかな名前！」

「光です」

あぁそうだそうだ！　って大きな声を出しながら、大きな音を立てて手を打つ。

わかった。気づいた。社長になるような人って、大抵は、ほぼどの場面でも大きな音を立てるんだ。声も足音も手も。

「大きくなったな！」

そう言われても本当に困る。いつ会いましたか、って訊こうとして「い」って言った瞬間に。

「いや文ちゃん、全然元気そうじゃないか！」

「お陰様で、こうして元気にやっております」

あぁもうゼッタイにダメだ僕は。

親戚だろうが他人だろうが、この人の会社にだけは就職しないでおこうと思った。この人だけじゃなくてこの手の人が社長をやっているところには。

品性は顔に出る、ってことを、今理解したみたいだ僕は。大学生になってようやくそういうことに気づいたのが遅いのか早いのか、良いことなのか悪いことなのかわからないけど。

もちろん、人は見かけによらないって言葉もあって、それも確かにそうだ。これは高校生の頃に経験があるからわかる。ものすごく怖い風貌の男の人。はっきり言ってヤクザだなと思うような顔つきをした男の人が、実はお医者さんでしかも小児科の先生でとっても優しくて人気がある先生だったんだ。その先生の場合は単に顔の造作が相対的に怖いってだけだった。そうわかって先入観なしに顔を見ると、あくどい感じもゲスさも何もない顔。むしろ怖い風貌の分だけ渋さが前面に出て奥様方にはモテるんじゃないかって感じだった。

そういう人がいるけど、その反対に普通の顔つきなのに、どういうわけか嫌な感じが漂ってくる人もいるってことだ。

つまり、加原竜夫さんの顔つきからは、ゲスな男の雰囲気がぷんぷん漂っているってことだ。

文さんを狙っている、っていう仁さんの言葉で先入観があったのかなって思ったけど、それを差し引いてもやっぱり嫌な感じが漂ってくるのを感じてしまう。

どうしてこの人に外食チェーンの社長さんができるのかなって思ったけど、まぁそもそも商売で過剰に儲けようという意欲とバイタリティに溢れているってことは、それは裏返せばゲスな品性ってことになるのかもしれない。全国の社長さんに怒られるかもしれないけど、そういうものって案外表裏一体なんじゃないかな。

「本当なぁ、心配していたんだけどなかなか見舞いにも来られなくてな」

「こちらこそ、皆様にお礼のご挨拶もできなくて」

そんな会話をしながら文さんに促されて、加原さんの向かい側に文さんと並んで座った。

「そういや、誰かと住んでるって誰かが言ってたな」

僕を見て言うけど、誰なんだよその人は。

「高校生か？」

「大学生です」

「もう大学生なのか！　まいったな。綾ちゃんは幾つになったんだ」

僕に向かって言ったので、答えた。

「母は四十一です」

「感心だなお母さんの年を知ってるなんて！　いい子なんだなぁ、俺が君ぐらいのときなんか母親の顔も忘れてたぞ！」

大きな声で笑う。いやそれじゃあただのバカだよ。

まいった。このままこの人とご飯を食べるのかって思ったら、何だか眩暈がしそうになってきて、よっぽど立ち上がって体勢を立て直そうかと思ったんだけど、襖が開いた。

晩ご飯が運ばれてきてしまったんだ。

「何だご飯？　いや申し訳ないな、文ちゃんの元気な顔を見てすぐに帰るつもりだったのに」

「どうぞ、よろしければご一緒に。私たちの賄いなんですけど」

「賄いでもここの料理は絶品だよ。光くん、君は悪い男になるな」

「え、どうしてですか？」

「そんな若いうちから、こんな旨いもの食ってたらまともな結婚なんかできるはずないだろ。そうやって悪い男になっていくんだ」

いや全然言ってることわかんない。

若いうちからこんな旨いもの食べていたら将来糖尿病になるぞ、って言われた方がはるかに納得できる。

好意的に解釈して意訳するなら、こんな美味しいものばかり食べていたら奥さんになる人は毎日の料理が大変で、それが原因で離婚しちゃうかもしれないぞ、ってことが言いたいのかもしれないけれど。

賄いの晩ご飯は、人参と茸（きのこ）の炊き込みご飯と、豆腐とネギのお味噌汁、豚肉の味噌漬け焼きに、根菜の煮付けに、切り干し大根と白菜の浅漬けだ。

「いやぁ、久しぶりに食べるけど、やっぱり旨い。何でもない料理が繊細で複雑な味わいの一品に仕上がっている。仁さんは本当に得難い料理人だよなぁ」

根菜の煮付けの牛蒡を嬉しそうに頬張りながら加原さんが言う。外食産業をやっているんだから、それなりに料理に詳しくて味覚も鋭いんだろうか。僕なんかは単純に美味しいとしか思わないんだけど。

「文ちゃんさ」

「はい」

「もうあれかい？　火事のことに関しては何もかも済んだのかい？　警察関係とか、補償の件とかそういうのは」

はい、って文さんが頷いた。

「お陰様で何もかも、問題なく終わらせることができました」

「そうか。良かった」

観察していた。気取られないように。

加原さんは良かった、って言いながらも何か他のことを考えているみたいに思えた。

「結局火事の原因は漏電ってことなのか？」

「そう結論づけられたそうです。食事中にちょっとあれですが、おそらくは小動物のせいでコンセントのところの電線がショートして発火したのだろうと」

「建物の古さが火の回りの速さを招いたってことか」

文さんが頷いた。

「そうなりました」

僕もそう聞いてる。ただ、大人四人が、全員逃げ遅れたのはどうしてなのか、っていう疑問は残っているけれど。そうか、って頷きながら、加原さんはやっぱり何かを考えている。僕にだってわかるんだから文さんも気づいているはずだ。

この人は、何か別に知りたいことがあるけれど、それをまだ訊いていない。

「それじゃあさ、文ちゃんな」

「はい」

「いや、落ち着くまで待とうって思って実際待っていたんだけどな。俺、おじさんに預けていたものがあるんだけどさ」

おじさん、って呼んだのは祖父ちゃんのことか。

「何をでしょう？」

「いや、ちょっとした骨董品（こっとうひん）なんだけどね」

「骨董品」

文さんが、少し首を傾げた。僕もつられて首を捻った。祖父ちゃんに骨董収集の趣味なんかあったっけ。そもそもこの家には昔から古いものがいっぱいあるけれど。

「どんなものでしょうか」

「それがさ、坂本龍馬（さかもとりょうま）の手紙なんだけどさ」

「はい？」

坂本龍馬の手紙？

思わず文さんと顔を見合わせてしまった。

「それは、直筆の手紙ってことですか？」

「そうそう。坂本龍馬が勝海舟に宛てた手紙なんだけどね。俺が以前に手に入れていて、それをおじさんがぜひ拝借したいって言うんで預けていたんだ」

勝海舟。

歴史に詳しくなくたって坂本龍馬と勝海舟が同時代の人で関係があったってことは知っているけど。

「父は、どうしてそんな貴重なものをお借りしたんでしょう」

「何でも知人に研究者がいるんでね。その人と一緒に調べてみたいんだって」

祖父ちゃん、そんなものに興味があったのか？　全然知らないけど。

文さんはちょっと何かを考えるみたいに眼を細めた。

「それに関しては、私は何も聞いていませんね。その手紙がまだ家にあるということですか？」

「あると思うよ」

加原さんがちょっと胸を張るみたいな動きをした。

「どこかに保管してあるか、あるいはその研究者って人の手元にあるかなんだけどさ」

「どなたなのでしょうか」

それが、って肩を竦めた。

「俺は聞いていないんだ。まぁおじさんのことは信用してたし、たぶんいろんな方面の知り合いがいるんだろうなって思っただけでさ。それでさ、文ちゃんは何も知らないんだろう?」

文さんが、こくん、と頷いた。

「わかりませんけれど」

「じゃあさ、ちょっとおじさんの部屋を探していいかな? 手紙がどんなものかは俺しか知らないわけだし」

部屋を。

「すみません」

文さんがきっぱり、って感じで言った。

「父の部屋は、まだ生前のままにしてあって整理もしていませんし、これからどうするかもまだ何も決めてはいないんです。あるかないかわからないものを探すというのは、ちょっと待っていただけますか」

うん。その通りだと思う。僕も祖父ちゃんの部屋は見たけど、本当にそのままになっているんだ。あぁここに祖父ちゃん座っていたよな、あそこの本棚にある本をいろいろ漁ったなって小さい頃の記憶を辿ったりした。

「お急ぎなのでしょうか？」

文さんが訊いたら、加原さんは少し顔を顰めた。

「急ぎってわけでもないいんだがね。実際もうおじさんが亡くなって一年経ってるわけだし」

「いつごろ預けたんですか？」

僕が訊いたら、頷いた。

「たぶん、一年半ぐらい前になるかな」

微妙な数字だな一年半って。

文さんは、少し考えるように下を向いてから、加原さんを見た。

「いずれ、父と母の部屋は片づけなければならないと、姉とも話していました。すぐにというわけにはいきませんけれど、相談しまして、また折を見て連絡します。それでいいでしょうか？」

うん、って加原さんは頷いた。

「できればね、なるべく早いうちに頼むよ。何せ貴重な品物なんでね。売れば相当なものになるんだから」

本物の坂本龍馬の手紙なら、確かにそうだとは思うけど。

加原さんを玄関で見送ったのは八時半過ぎだった。泊まっていったらどうしようかなー、って思っていたんだけど、タクシーを呼んでじゃあまた、ってにこやかな笑顔で手を振って去っていったんだ。

「どう思う？　文さん」

タクシーが走り去るのを確認して、訊いた。文さんは僕の横で同じように外を見ながら、頷くのがわかった。

「手紙のこと？」

「そう」

「どう思うって？　どういうこと？」

「どう考えてもなんか、怪しいんだけど」

「怪しいって、手紙を預けたのが嘘ってこと？」

「断定はもちろんできないけど、ものすごい突拍子もないことじゃん。そんなの聞いたことないよ」

文さんが、くすっ、と笑った。

「あのね、光くん」

「うん」

「お父さんの部屋、そのままにしてあるって言ったけど、実はいろいろ調べたの」

「調べた？」

うん、って頷く。

「自分の記憶を取り戻せるような、何かはっきりそれとわかる、家族の思い出の品みたいなものがないかなって。何もかもを調べたわけじゃないけど、おおまかな感じにはね」

そうだったのか。

「それで？　龍馬の手紙はあった？」

「なかったわよ。もちろん、まだ探していないところにあるのかもしれないけれど。でもね」

「うん」

「お父さんが、幕末の志士たちに興味を持ってるとか、古文書を集めているなんてことがわかるようなものは何ひとつなかったわ」

だと思うよ僕も。

「そもそも坂本龍馬の手紙なんてあるのかしら？」

「あ、それはたくさんあるみたいだよ」

そうなの？　って文さんは僕を見た。

「後で調べてみるけど、テレビで観たことあるよ。龍馬はたくさん手紙を書いていて、それが結構残っているって」

「あら、じゃあまんざら嘘八百でもないわけじゃない」

でもそれはきっとそういう番組を観たりちょっと幕末好きの人なら皆知ってることだ。加原さんの言葉に信憑性（しんぴょうせい）が増したってことじゃない。

「本当だとしたら、探さなきゃならないよね」

「そうね。でも本当だとして、探してもないなら、それはどうしようもないわね」

「弁償しろって言われたら？」

その可能性はあると思うけど。

「弁償するにしても、龍馬の手紙は結構この世にあるんでしょう？　だったら何千万にもなることはないわよね。そして弁償するには確かにお父さんが預かっていたって証明できるものが必要よ。それがないなら、本当かどうかわからないんだから、私たちに弁済義務は生じないわ」

「そうだね」

確かにそうだ。

でも。

「もしも龍馬の手紙が嘘だとしたら、どうしてそんなことを言い出したんだろう？」

文さんは、うーん、って少し顔を顰めた。

「どうしてかしらね。加原さん、バカな人じゃないと思うから、簡単に嘘だってわかる嘘をつくとも思えないし」

それは確かに。

「何か目的があるにしても、いずれにしてもお父さんの部屋は探してみなきゃね。今度手伝ってくれる?」

「もちろん」

文さんが腕時計を見た。

「そろそろ大学の先生がいらっしゃる頃ね」

九時ぴったりにやってきた宮島先生には、なんか完全にイメージを崩された。大学の准教授だけど、刑事さんに協力してこんなことをやってるんだから、ちょっとワルっぽい感じかなーって想像していたんだけど。

「どうもこんな夜分に本当に申し訳ありません」

七三に固めた髪の毛にピシッとした黒のスーツ。黒縁眼鏡でものすごく神妙な顔つきに深々としたお辞儀。もしもネクタイも黒だったら、どこの葬儀屋さんが訪ねてきたのかって思うぐらい。

僕と一緒に出迎えた文さんも、ちょっとだけ意外そうな表情をしたから大学の准教授とは思えなかったんだと思う。

「お時間を取らせるのは本当に申し訳ないので、早速、桂沢くんを伴ってお宅の中の写真を撮らせてもらって構わないですか？」

まるで親が死んだんです、って告げるみたいな真剣で悲愴な顔つきで言う先生に、どうぞどうぞ、って文さんが微笑んだ。

「お茶も出さずにすみませんけれど、いつでも言ってくださいね。何でしたらお泊まりの用意もできますので」

「恐れ入ります。ありがとうございます」

また深々とお辞儀をする。文さんの姿が見えなくなったところで、宮島先生はスーツの内ポケットからスマホを取り出してＬＩＮＥを始めた。

届いた。さっき磯貝さんを通じてアカウントを交換しておいたんだ。

【どうでもいい会話以外はこれで】

【了解です】

【ここにあるカメラは実は発見器です】

マジか。ただの一眼レフカメラに見える。

【ヘッドホンをしないと音波は聞けません。誰かに何でヘッドホン？　と聞かれたら動画を撮っているとでも言ってください。音も臨場感を出すために一緒に録っていると】

なるほど。

【了解です】

「じゃあ、さっそく玄関から撮らせてもらっていいですか？」

「どうぞどうぞ」

「フラッシュもいいですよね？」

「問題ないです」

なるほど、って思った。この人、演技派だ。ただの大学の先生とは思えないぐらいに。

インターバル　准教授の〈宮島様〉

カシャカシャ！　ってカメラのシャッター音が玄関に響いて、同時にフラッシュが光る。

文さんがごゆっくりどうぞ、って引っ込んでいったので他の誰が見てるわけでもないんだけど、写真を撮っている間は、いやそもそも本当に写真が撮れているのかどうかも知らないけど、近くにいない方がいいんだろうなって思って少し離れていた。

宮島さん、いや宮島准教授。

言いづらいから宮島先生でいいか。

カメラを構える姿がものすごく決まっている。カッコいい。

写真を撮ることに本当に慣れているんだろうな、って動きだ。きっと本物のカメラマンってこんな動きをするんじゃないか。そして傍目には、いや傍目といっても僕しかいないから何でもないんだけど、いい構図を探しているんだなって感じの動きに見える。

だけど、あれはきっと盗聴器があると想定できるところをゆっくりとカメラを動かして探しているんだと思う。

（いや待て待て）

そもそも〈一眼レフカメラに偽装させた盗聴器発見器〉なんていう変なものをどうして作ったんだろう。そもそもそんなものが素人に作れるのか。まぁでも建築工学科なんだから素人じゃあないのか。でもどうして大学の准教授なんていう人がそんなものを持っていて、そしてああやって使いこなしているんだろう。

疑問符だらけの人だ、この先生。

刑事である磯貝さんの悪友で、しかも捜査協力までしているんだから信用できる人なのは間違いないんだろうけど、何者なんだって思ってしまう。きっと磯貝さんも刑事さんとしては変わっていると思うんだけど、この先生もかなり変わっているんじゃないか。似た者同士か。

後で訊いてみよう。どうしてそんなものを持っているんですかって。

「いや、これは本当に素晴らしい邸宅ですね」

「そう、だと思います」

大きなヘッドホンをしているのに聞こえるかな、と思いながら返事をしたけど、聞こえているらしい。どっかに集音マイクでもついているんだろうか。

「小さい頃はただの広い古い家としか思っていなかったんですけど」

うんうん、って宮島先生は頷く。

「そういうものですよ。私も小さい頃に育った家の写真を大きくなってから見て、もっとちゃんと撮っておけばよかったと思いましたよ」

「あ、宮島先生」

「はい？」

「先生で、年上なんですから僕に丁寧な言葉遣いは」

「あぁ」

僕を見て苦笑いした。

「お姉さんがあまりにも美人で、そのショックでついつい」

お姉さん。

文さんのことか。

お姉さんじゃないけど、ひょっとしたら細かい事情までは磯貝さん伝えてないのかな。まぁ今のところはどうでもいいことだから、後で雑談でもする機会があったら訂正しておこう。

宮島先生は独身なんだろうか。とりあえず左手の薬指に結婚指輪はないみたいだけど。

先生は少しずつ移動しながら写真を撮っている。いや、盗聴器を確認している。手を止めて、スマホを取り出した。

【玄関周りにはまったく気配はないね。次は、盗聴器が仕掛けられた可能性のある部屋へ案内して】

【わかりました】

「それじゃあ、お客様を迎える部屋を撮りたいんだけど」

「あ、こちらです」

何だか誰かに向かって小芝居を続けている気持ちになってきて、笑っちゃいそうになる。

でも、もしもこれを誰かが聞いているんだとしたら、もしくは録音でもしているんだったら、必要なことだ。この宮島先生が盗聴器を探していると知られたら、宮島先生だって何かに巻き込まれてしまうかもしれないんだ。

「どうぞ」

襖を開けた。いつもお客様が食事をする部屋。不動産屋の篠崎さんも、医師の小松さんもこの間ここで食事をした。念のために親戚の加原さんが食事をした応接室として使っている座敷も後で案内しよう。本当に写真も撮っているんだとしたら、あの座敷だってものすごく絵になるところだと思う。

「いやぁ、これは素晴らしいなぁ。あの欄間の造作なんて、芸術的だ」

本当に感心したように宮島先生が言う。言いながらカメラを構えて、シャッターを押す。そしてゆっくりカメラを移動させる。

その動きが、少し変わった。

何度か同じ場所を行ったり来たりしている。上を見たり、下を見たり。

宮島先生がスマホを取り出した。

LINEを打つ。

【あるね】

背筋に何かが走ったような気がした。全身の細胞が一度膨らんですぐに縮んだみたいに、じわん、ってなった。

マジか！

【本当にですか！】

【本当に、だ。たぶん、あそこのコンセントだ】

コンセント。部屋の隅にあるコンセント。そうだ、盗聴器の電源を取るのにコンセントはちょうどいいって何かで読んだか、テレビで観た記憶がある。

【何も言わないようにね。しばらく撮影を続けるから】

「あ、気を遣って無理に会話しなくていいからね。好きなように撮影していくから」

【はい】

「わかりました」

無駄口叩くなってことだろう。緊張して変な会話でもしてしまったら、もしもその会話が聞かれていたり録音されたりしていたらマズイことになるかもしれない。

先生はどんどん撮っていく。動きからすると、さっきのコンセント以外にはないみたいだ。

「いや、本当にずっと撮っていられるな。次の部屋、いいかな？」

「あ、はい。じゃあ、応接室へどうぞ。そこも皆さんがいいところだって言ってくれます」

「うん、お願いします」

廊下を移動する。その間も先生はカメラをあちこちに向けてシャッターを押す。特に表情に変化はないから廊下にもないみたいだ。

応接室に、トイレ。トイレは途中で先生が「ちょっとトイレへ」って言い出して調べた。確かにトイレも桑本さんが行ったはずだ。

この時間内で回れそうなところは全部見て回った。この家を全部回ろうと思ったら一晩中掛かってしまうから、とりあえず君の部屋へ行きましょう、って先生がＬＩＮＥを送ってきた。

【黙って移動しよう。会話は君の部屋を調べてから】

【はい】

僕の部屋も全部調べる。もちろんシャッターを切りながら。文さんは自分の部屋にいるんだろうか。

【うん、ない】

先生がＬＩＮＥを送ってきた。

「よし」

カメラのストラップを首から外して、カメラを僕の机の上に置いた。

「この部屋にはない。大きな声で話さなきゃ大丈夫だろう」

「あ、隣は文さんの、叔母の部屋です。いるかもしれません」

あ、って顔を先生はした。

「さっきの女性は叔母さんだったのか」

「そうなんです。磯貝さんには」

聞いてなかったって少し笑った。

「家族としか聞いてなかったんでね。てっきりお姉さんだと思った。似てるって言われないかい？」

言われたことはないけど、まぁ顔の輪郭なんかは似てるかもしれない。先生は、うん、って頷きながら廊下の向こうに眼を向けた。

「あったね」

そう言われて、思わず溜息をついてしまった。

「本当にあったんですね」

盗聴器。

「たぶん、八割方、いや九分九厘間違いないね。残りの一厘は宇宙人が残した未知の電波発生装置の可能性だ」

ところで、って言ってにっこり笑った。

「Ｓ大の准教授、宮島俊だ。改めて初めまして」

「あ、桂沢光です。今回は突然すみませんでした。ありがとうございます」

いやいや、って笑った。

「君が謝るようなことじゃない。概要は磯貝から聞いたけど、むしろ君は被害者側で、しかも捜査協力者なんだから」

「はい」

そうなんだけど。

「まずは君から磯貝にＬＩＮＥしてくれ。見つけたけれどこの後どうしたらいいかを」

「はい」

LINEを立ち上げる。

【ひとつ見つけました。いつもお客さんを迎える、小松さんと桑本さんが食事をした部屋です。この後どうしましょうか】

すぐに返ってくるかと思ったけど、既読がつかない。

「読んでませんね」

画面を先生に見せると、頷いた。

「捜査現場にでも行ってるのかもしれないな。少し待ってみよう」

「あ、どうぞお座りください。今、お茶でも持ってきます」

あぁいや、って先生が手を振った。

「気を遣わないでいいし、今部屋を出たら叔母さんやその他の人に会うかもしれないよね。そうするとここまで来て、雑談が始まるかもしれない」

「あ、そうですね」

内緒の話もLINEもできなくなるかもしれないって先生が言う。

「ましてやあんな美人が来てしまったら僕はもう盗聴器なんてどうでもいい。この場で写真のモデルを申し込む」

はっはっは、って笑うしかなかったけど、この先生きっと人気のある先生なんだと思う。話し上手だけど、来たときの葬儀屋さんみたいな印象と百八十度違うし、そういう人なんだろうな。社交性に富んでいるというか、臨機応変に、カメレオンみたいに自分の様子を変えられる人なんだ。

「あの、宮島先生」

「うん。宮島でいいよ。君の先生じゃないんだから」

「宮島さん、訊いていいですか」

「何だい」

「そのカメラは、ちゃんと写真も撮れるんですよね」

「撮れるよ？」

ひょいとカメラを持ち上げた。

「撮った写真を見るかい？　もうずっと建物の写真を撮り続けているから、中々の腕だって自分では思っているんだけどな」

「いえ、あの、どうしてそんな盗聴器発見器付きのカメラなんて持っているのかなってすごく疑問で」

あぁ、って宮島先生は笑ってカメラを持ち替えて、カメラの底部を僕に向けた。

「ここにあるんだけどね。盗聴器発見器が」

なるほど。それでやたらカメラの下の方が分厚かったのか。

「あの、アンテナみたいなものはなくていいんですか」

よくテレビなんかで見るんだけど。

「あれは指向性アンテナだね。文字通りアンテナを向けている範囲の電波を拾うのに向いている。これは全方向性のものだからアンテナは必要ない。いや、正確に言えば電波を拾うために、ほら」

カメラのレンズを見せてくれた。

「下に出っ張った長い部分があるだろう？」

「あ、そうですね」

「これがアンテナの役割をしている。パッと見には完璧な一眼レフだろう」

そうとしか思えない。

「まさか、こういうカメラが売ってるわけじゃないですよね？」

「自作だよ」

笑った。

「話せば長くなるんだけどね。カメラ小僧だったんだよ僕は小さい頃から」

「はい」

「小学生の頃から、親父が持っていた一眼レフを借りてね。とにかく何でも写真に撮っていた。家族やら、近所の人やら風景やら、その辺の犬猫や建物をね」

「そうなんですね」

そういう人はいる。中学校の同級生にもカメラ大好きで、いっつもカメラを持ち歩いている奴がいた。大久保、元気かな。

「それで、建物ってものが好きになったんだよ」

「写真を撮っているうちにですか」

「そう。魅力的なものに思えてきてね。町中のおもしろいと思った家や建築物を撮りまくっていた。外観はもちろん、中に入らせてもらってあちこちの造作とか。古い建物にいたっては屋根裏から縁の下まで撮らせてもらったんだよ」

研究者とかになる人ってそうなんだろうなって思う。小学校の同級生で、あいつは田中だったかな。虫が大好きで大好きで、下校途中にも地面にはいつくばってアリとかダンゴムシとかを観察していたっけ。あまり親しくなかったけど、確か大学で生物とかそういうものの研究をしてるって聞いた。

僕にもそんなふうに夢中になれるものがあれば良かったのになぁ、って今になって思うんだけど。

「ある日だ」

宮島先生が、なんか悪戯っぽく笑って僕を見た。

「大学で建築工学を学ぶ学生になっていた僕は、歴史ある町の、さる旧家を見学させてもらったんだ。もちろん、カメラを持ってね。どこかがわかるとちょっと差し障りがあるので、どこの町のどの家かは言えない。つまり」

人差し指を立てた。

「それは、事件になったんだ」

「事件」

「見学の案内をしてくれたのは、そこの家のおばあさんだった。勉学に燃える学生である僕を歓迎してくれてね。ずっと一緒について家の説明をしてくれていた。その合間に僕にもいろいろ質問してきてね。そしてね、休憩してお茶をご馳走になっているときに、僕に言ったんだよ」

「『盗聴されているかもしれない』ですか」

宮島先生が、ちょっとだけ驚いたふうに眼を丸くした。

「なるほど、察しがいい。磯貝の言った通りだ」

自分ではわかんないですけど。

「その通り」

「びっくりしましたよね」

「そりゃもう、何を言い出すんですかおばあちゃん！　って心底驚いたよ。そしておばあちゃんが急に泣き出しちゃったりしたんだよ」

それは、大慌てだ。

子供と女性とおばあちゃんに泣かれちゃったりしたら、本当にもうどうしたらいいかわからない。

「結局、どうして盗聴されているかもって思ったのかを、そのおばあちゃんから延々と聞かされることになってしまってね。その理由っていうのがまぁ、何というか、『犬神家の一族』みたいな話でさ」

「本当ですか」

『犬神家の一族』は知ってる。本は読んだことないけどテレビで観た。

「遺産相続の、一族での争いですよね」

「その通り。そのおばあちゃんがね、本当に悲しそうにしているんで思わず言っちゃったんだ。『じゃあ、僕が盗聴器を探してみます』って」

うわ。

「そこで、探したんですか」

「探した探した。十五年ぐらい前のことだけど、もう盗聴器で云々なんて話はけっこうあったからね。でも、発見器が今みたいにネットで簡単に買えるようなことにはなってなかった」

「どうしたんですか」

「もう大学を走り回ってさ。工学部の先生とか学生とかに協力してもらって、作った」

「作ったんですか！」

すごい。

「そもそも盗聴器発見器なんてものは、そんなに複雑なものじゃないからね。それが、最初だったのさ」

「最初」

ニヤッと笑った。

「それからも僕は、興味深い建築物や個人宅があると、日本全国どこへでも出かけていって写真を撮りまくっていた。今は建築工学の准教授なんて顔をしているけど、正直なところただの建築物オタクだ。一生世界中を回って家の写真を撮ってその美しさを愛でていられればそれでいいって人間だ。でもそれじゃあ喰えないから学校の先生をやっているだけなんだ」

「じゃあ、それからも家とかを撮り続けているうちに、その家にあるであろう、あるかもしれない盗聴器を探すことを何度も頼まれちゃったんですね？」

頷いた。

「何だか僕はそういうものを頼みやすい顔をしているのかね。家の構造に詳しいんでしょう？　から始まって最近なんだかおかしなことがあって、とかいう話になって盗聴器とかってどこら辺に仕掛けるんですかね？　って流れになるんだよね」

「今までにどれぐらい頼まれたんですか」

宮島先生が両手のひらを広げた。

「十回じゃないよ。この十五年で百回はあるかな」

「百回！」

そんなに頼まれているのか。っていうかそんなに盗聴器があるんじゃないかって心配する人がいるのか。十五年間で百回だとしたら、一年に七回ぐらいはやってるってことだ。

「それはもう、立派なプロって言ってもいいじゃないですか」

プロは言い過ぎでもセミプロを名乗ってもいいと思う。

「だからだよ」

先生がまたカメラを構えた。

「こんなのを、友人に協力してもらって作ったのはね。頼まれた回数が十回を超えた頃に、こういうものがあったら一石二鳥で、しかも頼んだ人以外には誰にもバレないようにできるんじゃないかって思ってさ」

絶対にバレない。

「でも、商売にはしていないからね。誤解のないように。あくまでも善意でやっているだけ」

「もしくは非公式な捜査協力ですね」

その通り、って頷いた。

「それも、磯貝が刑事だからだよ。むしろあいつが警察に入ってからそんなことを言い出したので作ったって言ってもいい。最近はもうカメラを構えて覗いただけで、何となくそこに盗聴器があるんじゃないかって匂いがしてくるぐらいだよ」

「本当ですか」

「冗談だけど」

笑った。

「でも、これは自分でそう思ってるだけかもしれないけれどね」

「はい」

少し真剣な顔をして言った。

「たとえば、こんなふうに素晴らしい建築の家を撮影していて、何かそこにそぐわない雰囲気を感じることがある。そういうときにはね、ファインダーに入ったそこの場所に何かイヤらしい手が入れられていることがほとんどなんだ」

イヤらしい手。

「それは、本当ならやるべきではなかった、眼に見えない部分の補修工事とかがその場所に行われていたとかですか」

その通り、ってまた人差し指を立てた。この先生の癖なんだな。

「本当に君は使える男だな。裏側にそういうものがあるのを感じるようになった。つまり手抜きとか杜撰(ずさん)とか、センスのない修理箇所ってことだね。そういうのを感じ取れるって自分では思っている。それはつまり」

「そこに仕掛けられた盗聴器もそのひとつ、と」

「そういうことだ」

ひょいと向こうを指差した。

「一応は全体にカメラを向けて確かめてはいるけれど、おかしな部分はもうファインダーを覗いただけでわかる」

「便利ですね」

「建物だけってところがつまらないけどね。これで人間観察にもその感覚があれば、それこそ刑事にでもなったら優秀だったと思うけど」

本当だったら、そうだ。磯貝さんも青くなるんじゃないか。

「あ」

来た。磯貝さんだ。

【遅くなりました】

【はい】

【まだ宮島はいますか?】

【います】

【そのままちょっと待ってくれと伝えてください】

「ちょっと待ってくれって言ってます」

了解、って宮島先生は頷いた。すぐにＬＩＮＥが来る。

【確認していなかったんですが、盗聴器の件はそちらの文さんにも何も言っていないんですね？】

【誰にも言ってません。もう教えた方がいいでしょうか】

少し間が空いた。

【正直に言います。私の中ではそちらの火事が事件であるという可能性をどうしても捨てきれません。そしてこの話をしているということは、そちらでは光くんだけを、事件には無関係な捜査協力者として信頼しています】

それは。

【まだ文さんにも仁さんにも教えたくない事実だってことですね。盗聴器があるというのは。二人とも火事の焼死体に何らかの関係があるかもしれないってことで】

【怒らないでほしいのですが、そういうことです】

怒りはしない。だって確実に火事の現場にいたんだから、そう思われてもしょうがないだろう。

もしも文さんや仁さんが火事の犯人だとか言い出したら怒るかもしれないけど、ニュアンスは十分に伝わってくる。磯貝さんは、文さんと仁さんが、あの謎の焼死体の正体を知っているのに隠しているという可能性を捨てきれないってことだ。

【まだ確認はしていませんが、宮島があると言ったら確実にあります。そして盗聴器があるということはそちらで何らかの事態が進行しているという証左になります。火事の件とは無関係かもしれませんが、関係がある可能性も大です】

これもその通りだ。

【私としては、盗聴器を外してそこに仕掛けた人間の指紋があるかどうかを確認できるまでは、他の人には知られないように進めたいです】

【でも、内緒で盗聴器を外すのは結構難しいですよ。いつもお客様が使っている部屋ですし、二人が寝静まっているときとかしかできないです。それに盗聴器を外せば当然盗聴器を仕掛けた人間にそれがバレますよね？】

【当然、聞こえなくなればバレます。しかし、バレても問題ない方法がひとつだけあります。光くん以外の方にも不審がられずに済む方法です】

バレても問題ない方法？　そんな方法があるのか。

【電気工事です】

あ。なるほど。

【漏電が怖いから、家のブレーカーとかそういうのを全部点検した方がいいって言うんです

ね？　そして電気工事に入る人を、磯貝さんが手配してくれるんですね？】

【その通りです。電気工事のためにお店を一日か二日休むということをお客様や外に知らせてくれれば、盗聴器を仕掛けた人間は常にお店の様子に眼を向けてますからすぐに知れるでしょう。そして電気工事なら盗聴器がそこで発見されても、不審には思いません。盗聴器を外しても、電気工事の人間が発見してしまったんだと思うでしょう。仮に盗聴器に証拠が何も残っていなくても少なくとも盗聴自体はそれで防げます】

その通りだ。

【そして、必ず次の手段に動くはずです】

【また店にやってくるかもしれない】

【そういうことです】

盗聴器を外した後にまた医者の小松さんと桑本さんが来たら、ほぼ確実にその二人が盗聴器を仕掛けたと思っていい。

【来ない可能性もありますよね】

【盗聴器が発見された以上、何か別の手を打ってくる可能性はありますね。しかしとにかく、電気工事です。やってくれますか？】

【やります。どうしたらいいですか】

【ブレーカーを落としてください。やり方はわかりますね？】

簡単だ。スイッチを落とすだけ。

【誰にもバレないように落とせますか？】

【わかります】

できる。ブレーカーがある場所は厨房の裏側のボイラーがある部屋だ。あそこは誰にも見られない。

【それを何度か繰り返します。今夜落として、明日もまた落とせば誰もが電気系統の故障かと思うでしょう。そうなると必ず火事に結びつけて話をするはずです。そこで光くんが言うんです】

【電気工事をして、全部チェックした方がいいよって言うんですよね。でも、うちの電気工事をしている業者って昔から入っているところがあります】

【それはわかっていますか？】

【はっきり確認してませんけど、すぐわかります】

関係する業者の連絡先は、事務所の壁にしっかり貼ってある。それは知ってる。業者の名前までは覚える気がなかったから覚えてないけど。

【ではそれを教えてください。僕の方で大事にならないように、もちろんそちらの商売に影響が出ないように手配します】

【わかりました】

そこは信用するしかない。

【何日か営業を休んで、いわば営業妨害する形になってしまいますが、納得してくれますか？】

するもしないも、盗聴器があるんだ。

【僕は納得してます。いざというときには、文さんにも納得させます】

【頼みます。宮島には、もう帰っていいと伝えてください。後のことは、こっちから電話すると】

【了解です】

そのまま、画面を宮島先生に見せると、うん、って頷いた。

「電気工事か」

「そうなりました」

「それが確実だな。おそらくここを全部調べるとなると二日から三日は掛かるだろう。これだけの広さだからね」

そうなると思う。

「その日に、つまり業者が入る日に僕もお邪魔していいかな？　磯貝に確認してからの話だけど」

「いいですけど」

宮島先生がカメラを持って笑った。

「今日はもう遅いので帰るけれど、できればここの写真をもっと撮りたいんだ。まだ邸宅の十分の一も撮影してないだろ？　明るい陽射しの下でも撮りたいし」

「あぁ」

そういうことなら。

「全然大丈夫です。磯貝さんがオッケーなら全然構いません」

「ありがたい。ここは一度撮ってみたいってずっと思っていたんだけど、今までどうもタイミングが合わなくてね」

「撮ろうとしていたんですか？」

もちろんだよ、って頷いた。

「建築オタクの人間がここを撮らないなんてあり得ない。でも、営業しているからね。何度か電話して、君のおじいさんか」

少し顔を曇らせた。

「残念なことになってしまう以前の話だけど、電話でお話しさせてもらったことはあるよ。僕の仕事やらこちらの都合やらで、うまく訪問できなかったんだ」

今回は突然だったけど飛び上がるほど嬉しかったって言う。

だからすぐに来てくれたのか宮島先生。

2

帰るけれど、今帰ってもちょっとあれかな、って宮島先生は言った。

「細かい事情はまだ把握していないんだけど、君の叔母さん、文さんだったか。まだ内緒にしていることはたくさんあるんだろう？」

「あります」

たくさんではないけれど、ある。僕と磯貝さんが話していることなんかは内緒だし、盗聴器の件もそう。

「そして彼女は、きっと僕はもっと撮影してから帰ると思っているだろう」

「そうですね」

まだほんの少ししか撮影していない。この家を全部撮るならものすごい時間が掛かることはわかっているから、さっき文さんはお泊まりの用意もできますよって言ったんだ。それなのに、まだ来て二時間も経っていない。

「ということは、あんまり早く帰っても不審がられてしまうだろう。何しに来たんだって。それなら、今ブレーカーを落としてしまえばいいんじゃないか？」

宮島先生が言って、ぽん、と僕も手を打ってしまった。

「その通りですね」

宮島先生と歩き回っているんだから、そのついでにブレーカーを落とす。びっくりする。文さんも仁さんも、なんだ停電かどうした、って部屋を出てくる。ブレーカーを上げれば電気は点くけど。

「宮島先生はそこで、何かバタバタしてしまったので今日はこれで、って帰るんですね？」

「その通り。またすぐに来ることをきちんと文さんと約束してね。それなら、電気の点検が入る日に僕がまた来ても自然だろう？　店が休みになるから来ていいですって君から連絡を貰ったってことにすればいい」

「ナイスですね」

ごく普通の流れだ。誰もおかしいとは思わない。

「じゃあ、早速行きますか」

「そうしよう」

二人で僕の部屋を出た。

電気のブレーカーがあるのは、厨房の裏側のボイラーがある小部屋だ。そこの壁についている。厨房にはもう仁さんもいないはず。ひょっとしたら夜食とか研究のために作っているかもしれないけど、裏側の小部屋に行くのは全然気づかれないから平気。

廊下を歩いて、こっちです、って宮島先生に手で合図する。その間にも宮島先生はカメラを構えて、撮影しながら盗聴器を探していた。

角を回って、ボイラーのある小部屋についた。ここは襖があるけれど、開けるとその中に普通の木製の扉があるんだ。そこを開けて、すぐ脇の壁にあるスイッチを下げる。電気が点く。

ボイラーや配管やその他いろんなものが詰まっている部屋。

宮島さんの方を見て合図して、ブレーカーの大きなスイッチを落とした。

バチッ、て音がした。真っ暗になるけれど、僕はスマホを持っているし宮島先生もカメラのディスプレイの明かりがあるので平気。

急いで扉を閉めて、奥の方へ向かってから、引き返して玄関へ向かった。文さんと仁さんが部屋から出てくるのがわかった。

「停電ね？」

「調べやす」

文さんと仁さんの声がしたので、ここぞとばかりに考えていたセリフを少し大きな声で喋った。

「外は電気点いてるよ！　ブレーカーじゃない？」

懐中電灯の光が見えた。きっと仁さんだ。

「光くん、先生はご無事？　一緒にいらっしゃる？」

「あ、います。大丈夫です、ありがとうございます」

宮島先生が少し大きな声で言った。

「ブレーカーを見てきますんで、歩き回らないでください」

仁さんが歩いてボイラーのある部屋へ向かったので、文さんと僕と宮島先生は廊下の真ん中で固まっていた。

「すみません、先生。せっかく撮影してらしたのに」

「いえいえ、大丈夫です」

文さんと宮島先生がそう話している。皆でスマホの明かりを照らしているので、姿ははっきり見える。

何か音がして、電気が点いた。

自分で落としておいて何だけど、電気が点くとわかっていてもホッとして、おおとか、あって声が出るよね。

「やはり、ブレーカーでしたね」

仁さんが廊下の向こうから歩いてきてそう言った。

「落ちたのね？」

「そうです」

文さんがちょっと首を傾げてから、仁さんに言った。

「今までブレーカーが落ちたことなんかあるのかしら？」

文さんがそう訊いたのは、もちろん記憶がないからだけど、特に宮島先生にも不審に思われない訊き方だったと思う。

仁さんが、さて、って少し首を捻った。

「大昔にはありやしたが、少なくともここんとこは、もう何十年もなかったように思いますけどね」

さっき磯貝さんが明日にでももう一回落としてから、なんて言ってたけど、ここのタイミングで大丈夫だと思った。

「見てもらった方がいいんじゃないかな？　電気」

「電気？」

「配線とか、全部ここの電気工事とかやってる業者さんにさ。お店ちょっと休んで、全部点検してもらった方がいいと思うんだけど」

あの火事のこともあるんだし、って言葉を言いかけて、止めておいた。もう文さんも仁さんも言わなくても感じているって雰囲気でわかったから。

仁さんが、小さく顎を動かした。

「綾お嬢さんともそういう話はしていたんですが、あれこれと時間が過ぎてしまって、実はそのままになっていやした」

「そうなのよね」

　文さんも頷く。

「それなら、そうした方がいいかもしれないわね。ここを全部点検したら、一日じゃ終わらないわね」

「門馬（もんま）電設さんにも確認しなきゃわかりやせんが、おそらくは二日か三日掛かりの仕事になるかと。やるなら全部点検した方がいいに決まってますからね」

「その通りね」

　文さんが少し考えるようにおでこに人差し指を当てた。

「来週の火曜が空いていたから、月曜のご予約をお断りしたら丸二日、時間が取れるわね」

「そうですね」

　うん、って文さんが頷く。

「明日の朝にでも門馬電設さんに電話して訊いてみるわ。できるだけ早い方がいいものね」

「そう思いやす」

「僕も」

　頷いたら、宮島先生も大きく頷いていた。そして宮島先生も、ここだ、って思ったんだろう。

「それじゃあ、今日のところは、これで失礼しようかと思います」

「あら」

もうよろしいんですか？　って文さんはちょっとだけ驚いた。

「何かバタバタしてしまいましたし」

「申し訳ありません、本当に」

頭を下げる文さんに、宮島先生はきっとマジで焦っていた。

「いえいえ、そんなことはないです。あのですね、実は以前からこちらの撮影を、その、お父様にもお願いしていたんです」

あら、って文さんが少し眼を大きくさせた。

「そのときにはお互いにスケジュールがうまく合わずにお流れになったんですが、その、電気の点検ですか？　それが入るときには営業がお休みになりますよね」

「そうですね」

「そのときにまた撮影させていただけると、すごくありがたいんです。幸い、来週なら僕も昼間に身体を空けることができるもので」

文さんは、少し考えてから頷いた。

「よろしいですよ。広いですからお互いに邪魔にはならないと思います。光とはもう連絡先の交換とかはされているんですね？」

「はい」

「それでは、点検の日程などが決まりましたら、光の方から連絡をさせますので」

ありがとうございます、って宮島先生が頭を下げた。

本当に宮島先生って、すごい演技力だと思う。

☆

そのまま文さんと二人で宮島先生を玄関で見送った。

仁さんはブレーカーが落ちたことで冷蔵庫とかその他のものに支障がないかどうか全部点検してくるって歩き回ってる。

「光くんの部屋は、特に問題ないわよね」

「ないよ」

電源が落ちて問題があるものは何ひとつない。ゲーム機やパソコンはあるけれど、使っていなかったから問題なし。

文さんは、自分の部屋に戻りかけて、足を止めた。

「光くん」

「なに？」

「ちょっと私の部屋に来てくれる？　手伝ってほしいことがあるの」

「いいよ」

そのまま文さんの後に続いて部屋に入った。いつ来ても文さんの部屋はいい香りがする。そのいい香りの奥にこの〈青河邸〉の匂いもするんだけど。

家ってその家独特の匂いがあると思うんだ。わかりやすいところでは猫を飼ってる家では猫の匂いがする。動物は飼っていなくても、動物っぽい匂いがする家があったり、子供の匂いがする家があったりする。

僕にとっては祖父ちゃん祖母ちゃんの家であるこの〈青河邸〉では、和紙の匂いがするんだ。どういう匂いかって言われたら説明するのに困ってしまうんだけど、とにかく和紙っぽい匂い。ひょっとしたら古い木の匂いなのかもしれないけど。

何か荷物の整理でも手伝わされるのかと思って立っていたら、文さんは、座って、って籐椅子を示したので素直に座った。

「私ね、光くん」

「うん」

「いまだに記憶がないのよ」

それは、わかってるので頷いた。

「光くんのお母さんが、私の姉だってことはしっくりきているけど、幼い頃の記憶や思い出がまったく甦ってこないの。薄ぼんやりと姉妹同士の何かが浮かんでくることはあるけれど、それはきっと映画かドラマで見た姉妹の物語のような気もするのね」

それも前に聞いたような気がするので、そうだね、って頷いた。

何の話をするんだろう文さんは。その形のいい大きな瞳で、僕を見ている。

「それよりもずっと、お父さんお母さんのことはぼんやりしているのね。姉さんは生身でそこにいてくれたからしっくりきたけど、何せお父さんもお母さんも、もうこの世にはいないの。写真やビデオに残っている姿を見ても、他人以上にピンと来ないのね。むしろ、仁さんの方がしっくりと感じられるのよ」

「生身の人間として、文さんの前にいるから？」

そうね、って頷いた。

「この間も言ったけど〈香り〉や〈匂い〉ね」

あ、そうか。

それこそ僕にはピンと来ないけど、文さんが言っていた「言葉の端々に滲む感情、表情の奥に潜む思い、まとわりつく身体の内から滲む匂い、外からその人の身体に染みついた香り、そういうものが全部はっきりと感じられる」ってやつか。

「仁さんにもいろんな匂いや香りが感じられるから、生まれたときからずっとここにいる料理人で私のこともよく知っている、私のことを大事に思ってくれている人、っていうのがものすごく感じられて、だからしっくりくるのよ。この人は私の知り合いなんだって。家族同然のようなね」

なるほど。

「それで、祖父ちゃん祖母ちゃんはもういないから、ぼんやりと理解はできるけれど、肌感覚としてはしっくりこない」

「そういうことね。悲しいことなんだけど、これは記憶が甦るのを待つしかないみたいね。私がお父さんやお母さんを亡くしてしまったことを悲しめるのは」

そういうことになってしまうのか。確かにもうこれはどうしようもない。文さんの言ってることはよくわかる。

「だからね、光くん」

「うん」

「私はあの火事に巻き込まれた当事者ではあるけれど、ものすごく冷静な眼で俯瞰できるんだけど、何か違和感があると思わない？」

「違和感？」

「漏電による火事だったのよね？　たぶんネズミが電線を齧ったか、あるいはネズミの糞尿によって漏電が引き起こされて起きた火事。つまり、事故」

「そうだってね」

それはもちろん文さんも知ってる。まだ病院に入院しているときに、警察に教えてもらった事実のはずだ。

文さん自身はまったく覚えていないけれど、火事で自分の両親が死んでしまったってことものときに教えてもらったはず。身元不明の死体に刺し傷があったことも。

それを知っているのは警察関係者と、父さんと僕と、事情を訊かれたそのときにここにいた文さんと仁さんだけ。もちろん、そのことは他の誰にも言いふらさないようにと警察の人に言われている。

文さんは、僕の眼を覗き込むようにして見た。

「ネズミなんて、たぶんもう何十年もここには出たことないのよ」

「え？」

「光くんの家に、姉さんの家にネズミなんか出る？」

「出ないよ」

いない。しっかりと完全に確かめたわけじゃないけど、たぶんいない。

「出ないわよね。光くんの周りの家で、ネズミが出たって話を聞いたことある？」

「ないね」

考えるまでもなかった。

「そもそも僕は野生の、野生って言い方も変かな。そういうネズミをこの眼で見たことないよ」

それは、本当だ。よくネズミが天井裏を走り回る、なんていう描写がマンガや映画やテレビドラマにあるけれど、そんなことすら経験したこともない。

「私ね、ここの帳簿やら何やらいろいろ調べたの。お母さんの日誌もあった。営業日誌のようなものね。それからお父さんの手帳なんかも読んだ。自分の記憶が戻ってこないかなって思って」

うん、って頷いた。そういうことをしているのは知ってた。

帳簿を見て経営状態もすぐわかったって、元々文さんは頭がいいんだ。それは母さんも言っていた。小さい頃は神童って言われたぐらいだったって。だから、何でも器用にこなしてしまう。母さんがさっさと父さんと結婚したのも、〈銀の鰊亭〉を文さんなら継げるって皆が思っていたからだって。

「お父さんお母さんはね」

そう言ってから苦笑した。

「まだ全然記憶が戻らないから、そうやって呼ぶのも何だか女優になってセリフを言ってるような気分になるのよね」

文さんが困ったような顔をして僕を見た。

「だから、唯一記憶がある光くんについつい甘えちゃう。ごめんね」

「そんなの、いいんだよ」

甘えていたのかって思うけど、そうしてもらって全然構わない。そのために僕はここに住んでいるようなものなんだから。

ものすごい孤独っていうか、どんな表現をすればいいのかわからないけど、文さんは孤独の中にいるんだって、改めて思う。

この世の中に、僕しか本当の意味での知り合いがいないんだ。文さんの記憶の中に、思い出の中に登場する人物は、僕しかいない。

他の人は、姉だとか生まれたときから知ってるとか、教えてもらって、そうなのかと納得しただけ。

自分の記憶の中にはまるでいない人ばかり。

「殺鼠剤、ってあるでしょう？」

「あるね」

聞いたことはある。実際に見たことはないんだけど。

「この〈青河邸〉にはね、殺鼠剤なんてないの」

ないのか。

「買ったこともないし、ネズミ駆除の業者を頼んだこともない。もちろん、北海道にはゴキブリもシロアリもほとんどいないから、そういう業者を頼んだことは一度だってないのよ。少なくとも残っている帳簿のここ二十年ぐらいの記録ではね」

「二十年も調べたの?!」

「調べたわ」

事も無げに文さんは言った。

「古い家だから、最近のちゃんとした造りの一般の住宅とは違って、確かにネズミが入り込んでいてもおかしくない。それでも、ここにはネズミが出たような記録はないのね。その代わりに、というのも変だけれどもね」

「うん」

「お父さんが、当主である青河玄蕃さんが、ものすごく多くの工具や部材を買っているの。仁さんも言っていたけど、とにかく器用な人だったのね。家の修繕なんかはほとんど自分でやっていたみたい」

「あ、それは母さんも言ってた」

間違いない。

「暇さえあったら家の修繕をしていたって」

そうなのよ、って文さんは頷いた。

「もちろんそれは、専門の大工さんや業者さんに頼んだら高くつくっていうのもあったと思うんだけど」

文さんが僕を見る。

「つまり、それは」

文さんが何を言いたいのかっていうと。

「ネズミが原因で火事が起きたっていうのは、ちょっと違うんじゃないかって言いたいの？」

「それも、ある。それは違和感というより事実を基にした推測ね。お父さんは家の修繕にはものすごく気を遣っていた。この邸宅を維持するためにね。そんな人が、ネズミに電線を齧られるようなところを放っておいたのか？　点検していなかったのか？　という疑問からくるところね」

「なるほど」

それは、おかしなことは言ってないと思う。

「そういう事実があるのなら、確かにそうだね」

「違和感と言ったのはね」

「うん」

文さんの大きな瞳が、細くなった。

「何故そのタイミングで火事が起こったのかってところ。それとね、警察も消防も何故早々に〈事故〉として処理してしまったのか、ってことなの」

相づちを打てなかった。

「何故、そのタイミング？」

「そうよ」

くるん、と、文さんは右手の人差し指を宙で回した。

「火事は起こってしまった。それは事実のひとつ」

宙で回した人差し指を立てる。

「何らかの原因があった。警察と消防の発表によるとおそらくネズミによる〈漏電〉が原因。推測も含まれるものの、原因が電気系統であるのはそれもひとつの事実」

また、立てる。事実が二つ。

「あの〈月舟屋〉に四人の人間が集まっていた。それも、事実」

そして、って続けた。

「そのときに、火事が起こったの。百年以上もの歴史を誇るこの〈青河邸〉でただの一度もなかった火事が、そのときに起きたのよ。それは、何故そのタイミングだったのか。火事という事実は何故そのときに発生したのか」

タイミング。

火事の。

「まさか、文さん。ネズミによる漏電がたまたまそこで起こったってわけじゃなくて、その火事は、誰かがそのタイミングで起こしたって言いたいの？」

「それは、わからないわ。でも、不思議に思わない？　違和感がない？　どうしてあそこに四人の人間がいたタイミングで火事が起きたの？」

もちろん、答えることができない。

「考えなくても、誰もがそう思うはずよ。どうして火事がそのタイミングで起こったのかって。漏電がたまたまその瞬間に起こるより、誰かの手によって起こされた方が違和感がないと思わない？」

そう言われれば、そうかもと思ってはしまうけれど。

「それなのに警察も消防も火事が起こって現場検証をしてほんの数日で〈事故〉として処理したのよ。身元不明の死体が二体もあったにも拘わらず、早々にその二人のことはもう誰にもわからないって決めつけてしまったみたいに」

決めつけた。でも、刑事の磯貝さんはまだ疑問を持っている。

「それにね、光くん」

「うん」

「光くんも、何か私に隠していることがあるわね。光くんだけじゃないわ。さっき帰られた宮島先生もそう。それに、今日来た加原さんも、お医者様の小松さんも、一緒に来られた加島さんも、不動産会社社長の篠崎さんも、皆が皆、何かを隠してここにやってきていたわ。それはもちろん誰しも人に言えない秘密を持っている、なんて話じゃないわよ。明らかに、私に対して、何かを隠しているの。そういう匂いが感じられたわ。態度に、言葉の端々に」

何もかも、って続けてから、僕を見据えた。

「違和感なのよ。私にとっては」

少し考えるように首を傾げた。

「今にして思えば、病院にいるときに、事情聴取にやってきた刑事さんの一人、磯貝さんという方だったけど、あの人も何かを隠していた。もっとも刑事さんには言えないことがたくさんあるだろうから、それに関しては違和感というものは感じなかったんだけれどもね」

刑事さんは、そうだろう。隠していることなんかたくさんあるはずだ。被害者で入院中だった文さんに言えないことはもちろんあったはずだ。篠崎さんや、加原さんや、小松さんが隠していることは、もちろん僕は知らない。小松さんに関してだけは加島さんが本当は桑本さんだってことは、確かに僕は文さんに隠していた。いや、隠している。

その他に僕が文さんに隠していることは、こうやって文さんの様子を確認していることを、磯貝さんと話していることだ。

そして、磯貝さんがそれこそ〈事故〉ではなくて〈事件〉だとまだ考えていて、それを探っていることだ。

文さんが、じっと僕を見ている。

違和感。

ふと、思ってしまった。

どうして磯貝さんは、あの火事を〈事故〉ではなくて〈事件〉だと思って一人で調べているんだろう。

僕を使って。

一人かどうか確かめてはいないけれど、間違いなくそうだと思う。だって休みの日にわざわざ一人で僕に会いに来るぐらいだ。

一人で勝手に調べているとしか思えない。

それはもう警察では〈事故〉として処理してしまっているからだ。

でも磯貝さんは〈事件〉だと思っている。

そう思ったのは、何故なんだろう。

身元不明の死体に刺し傷なんかがあったからだと本人の口からは聞いているけれど。

他にも、理由があった？

磯貝さんも、僕に隠している〈事実〉が何かある？

それは、文さんと同じような違和感だとしたら？

「文さん」

「うん」

「ごめん」

これは、言ってしまった方がいい。二人で考えた方がいいと思う。

「僕は文さんに隠していたことがある。磯貝さんのことなんだ」

「磯貝さん。刑事さんね？　あのちょっと髪の毛の長い、刑事さんっぽくない人」

そうそう。磯貝さんはどっちかと言うと、ちょっと軽い感じの営業マンにも見える。

「磯貝さん、いや、元々は父さんもだけど」

「お父様？　それは、光くんのお父様じゃなくて、弁護士の桂沢満さんとして、ってことなのね？」

「そういうこと。いちばん隠していた大きな事実はね、身元不明の二人の遺体についてなんだけど」

文さんの眼が細くなった。眉間に皺が寄る。

「男性と思われる遺体の腹部に、刺し傷があったんだ。何か鋭利な刃物と思われるもので、刺された傷」

「傷、ね？」

「そう。それが致命傷になったわけじゃないらしいけど、間違いなく刺されてから、あのご遺体は焼け死んでしまった。だから」

文さんは、頷いた。

「そんなことじゃないかなって思っていたわ」

いたのか。

「つまり、その傷があったから、火事は〈事故〉であったとしても、何かしらの〈事件〉があって、そしてあの火事が引き起こされた可能性もあると、磯貝刑事さんは一年経った今も調べているのね？　桂沢満弁護士と、光くんを通じて。この私のことを」

「もちろん、あれだよ？　文さんを犯人として疑っているわけじゃないよ？」

「でも、その可能性もあるってことよね？　私は記憶を失っているから、いつそれが甦るかもしれない。それを光くんにきちんと見ててもらいたいってことを、桂沢満さんも、磯貝刑事さんも言っていたのね」

ゆっくり頷いた。

「それを隠していたんだ。でも、文さんのことを心配して一緒にいようって思っていたのは本当だよ？」

文さんは、にっこり笑った。

「もちろん、そんなことは疑わないわ。光くんのことは全面的に信用してるし、できる子だってわかる。ちゃんと」

「匂いで？」

「そう、匂いで」

そう考えるとものすごく便利なものだ。その文さんの感覚は。

「それで、文さん。今僕が文さんにバラしてしまったのはね」

「うん」

「磯貝さんは、今も〈事件〉だと思っている。僕を通じて調べている。そして〈事件〉じゃないかって裏付けるような事実も、まだわかんないけど怪しい事実もひとつ出てきたんだけど」

盗聴器の件だ。

「何よりもね。磯貝さんの動機なんだ」

「動機？」

そう。まさしく、動機だ。

「ただの火事なんだし、警察も〈事故〉として処理したんだから納得して捜査を終わらせてもいいのに、磯貝さんは一人で捜査を続けている。それは、刺し傷があったことを事故で納得できなかったからだと僕は思っていたし、本人もそう言っていたんだけど」

他にもあったんじゃないかって、文さんの話を聞いて思った。

「磯貝さんは、警察の上の方が〈事故〉で終わらせたことを知ってるんじゃないのかな？　火事は〈事故〉だからって、無理やりに結論づけて片づけたことを、納得できないから一人で調べているんじゃないかって」

さっき、思った。

それなら、それこそしっくりくるんだ。あの人が捜査を一人で続けているのも。

第四章

刑事の〈磯貝公太様〉

1

文さんが覚えた違和感。

(漏電がたまたまその瞬間に起こるより、誰かの手によって起こされた方が違和感がないと思わない?)

(それなのに警察も消防も火事が起こって現場検証をしてほんの数日で〈事故〉として処理したのよ。身元不明の死体が二体もあったにも拘わらず、早々にその二人のことはもう誰にもわからないって決めつけてしまったみたいに)

それを聞いたときに思った。

磯貝刑事が、磯貝さんが捜査を続けている〈動機〉。

「〈事件〉ではなく〈事故〉である、って最終的に結論づけるのは、もちろん警察だって上の人だよね? 上層部っていわれる人たち」

「そうでしょうね」

「でもそれに、〈納得できなかった〉という〈動機〉があるからこそ、〈父さんを通じて、文さんの様子をきちんと見てほしいって頼んできたんだ、磯貝さんは。そうなんじゃないかって、今、思った」

そう思いついた。そうしたら、本当にしっくり来たんだ。

「〈事故〉としたのは現場ではなく上層部の判断なんだよきっと。その判断に磯貝さんは納得できなかった。あるいは、文さんの言ったみたいに違和感を覚えたり、判断の早さに疑問を感じたりしたのかな？　あのね、磯貝さんは実は父さんと友達なんだ」

「あら」

文さんが少し眼を丸くさせた。

「それは、単なる偶然かしら？」

「うん、それは本当に偶然だと思うよ。まぁでも刑事と弁護士だからどこかで会う可能性はすっごく高かっただろうけど」

「そうね」

「どういう友人かっていうのは、ちょっとあれなんで、許可を取ってから教えるね。と言っても、笑える理由だから安心して」

「すっごく知りたいわ」

「知られたら父さんはめっちゃ恥ずかしがるから。もう文さんに会えないとか言い出すかも。それでね」

「うん」

「もしも身元不明の二人が誰なのかわかったのなら捜査も進展したんだろうけど、それもどうやら望めそうもないし、そもそも身元を調べることさえも止めたのかもしれない。それで、疑問を持った、あるいは納得できなかった磯貝さんは、父さんと友人関係だってことを利用して調べられるんじゃないかって判断した。手段があるんじゃないかって」

「その手段が、光くんの存在だったわけね」

そう。

「でも、どうして今そんなふうに思ったの？　私の言った違和感ってことだけで？」

ほぼそうだけど、それを裏付けるものもあったんだ。

「あのね、実は宮島先生も磯貝さんの友人なんだ」

あら、ってちょっと意外そうな顔をした。

「そうだったの？」

親友と言ってもいい存在のはず。

「そしてね、実はあの人は〈非公式〉に、磯貝さんの捜査に協力しているんだって言っていた」

「非公式に」

「そう。そして今回も〈非公式〉に捜査に協力するためにやってきたんだ。警察はあの火事を〈事故〉として処理をしたけれども、まだ疑問があるから細々とでも〈事件〉の扱いをして捜査を続けているんなら〈非公式〉である宮島先生を使うはずないよね。宮島先生を動かしたことは絶対に誰にも秘密ですって念を押されたし」

そうだ。そのはずだ。

「磯貝さんは捜査に関することを僕に話すこと自体が異例のことだってちゃんと言っていた。そして協力してほしいという依頼じゃなくて、お願いだってそう言われた。父さんとの関係があったから、僕はそうは言うもののきっとそれは建前で、ちゃんと捜査を続けていて、それに協力することになるんだなって思ってしまったんだよ」

文さんが、ちょっと首を傾げた。

「理解できるわ。それはわかったけど、宮島先生は何をしにいらっしゃったの？」

あ、そうだった。まだ盗聴器の件をちゃんと話していなかった。

「盗聴器なんだ」

「盗聴器？」

文さんが、思いっきりイヤそうな顔をした。

「初めからきちんと話すね」

まず、父さんから身元不明の男性の遺体の腹部に鋭利な刃物で刺された痕があったと教えてもらって、刑事の磯貝さんに協力するようにと言われたこと。

そして磯貝さんに会って、今でも調べているから文さんの様子を見て何かわかったら教えてほしいってお願いされた話。

「繰り返すけどその時点ではね、僕は本当にちゃんとした警察の捜査だと思っていたよ。磯貝さん個人じゃなくて組織でね」

文さんが頷いた。

〈火事による事故死〉と判断されて処理はされたけれども、〈刺し傷〉という疑問点があったから捜査を続けているんだと思っていた。文さんの記憶が戻れば、その疑問点が解消されて〈事故〉から〈事件〉に変わる可能性があるから調べているんだって。

文さんが、椅子に座りながらものすごく真剣な顔をして小さく顎を動かしていた。何かに納得するように。

「そうね。光くんがそう思ってしまったのも、わかるわ」

「だから、何か変なことがあれば、小さなことでもわかれば全部磯貝さんに報告していた。あの不動産会社の篠崎さんのこともね。磯貝さんは捜査の合間にちゃんと調べてくれたよ」

「それで光くんは一人で調べるからって言ったのね」

そういうこと。

「愛人さんは存在しないっぽいよ。そしてね」

小松さんと一緒に来た加島さんというのは、実は桑本さんという元警察官で、今はボディガードもしている調査会社の人間だってことを、磯貝さんが教えてくれた。

「どうして磯貝さんがここに桑本さんが来たのを知ったのかっていうのは、誰か他の警察官の人が桑本さんがうちに行くのを見かけたからだって言われたんだ」

「偽名を使ってうちにやってきたのは何か目的があるはず。調査会社ってことはそれが盗聴器の設置かもしれないと磯貝さんは判断して、友人であり非公式に捜査に協力している宮島先生を寄越したってことね」

言いながら文さんは大きく頷いた。

「それも納得できるわ」

「だよね」

「それで、ブレーカーを落として、電気工事の会社を動かして、その盗聴器を調べようとしたわけね」

「そう」

これで全部文さんに話してしまった。もう僕が隠していることは何もない。そう言ったら、文さんはニヤリと笑った。

「今現在の手持ちのカードが揃ったわけね」

何かのセリフかと思ったけどわからなかった。文さんはしばらく下を向くようにして考えていたので、待った。

「誰かが、何かを知ってるのね。あの火事について表に出てきていないことを。その誰かっていうのが、警察の中でも〈事故〉として処理した人たち。つまり、上層部の人たち」

「磯貝さんはそこに手が届かないから、文さんの記憶が戻るのを待っている。そんな気がした」

文さんが微笑んだ。

「そこに、小松さんが盗聴器を仕掛けさせたっていう大きなとんでもない要素が飛び込んできたのね。それはもう、あの火事について小松さんが確実に何かを知っているって証拠よね。それはひょっとしたら警察が事故と処理したことと結びついているのかもしれないわね」

「完全にそうだとは言い切れないけどね。まだ小松さんが仕掛けたとも確定していないし、仮に仕掛けたとしても火事の件だとは限らない」

不確定要素だらけだ。

「でも、小松さんが仕掛けたってことさえわかれば、確実にこの店に小松さんが秘密裏に知りたい何かがあるってことになるわよね」

「そういうことになるね」

文さんが唇をふにゃふにゃさせている。

「何だか、嬉しそうだね」

「ごめんね、そんな顔をしていた？」

「してた」

不謹慎よね、って自分で自分の頭を軽く叩いた。

「親が二人とも死んで、身元不明の遺体が二つもあるのにね。でも、何だかわくわくしちゃったのよ」

「わくわく」

「謎よね。ミステリーよね」

言わないようにしていたけど、確かにそう。

「この謎を解くためには、私の記憶が戻るのがいちばんいいのかもしれない。でも、戻っても結局わからないかもしれない。そんな不確実なものを待っているよりかは、磯貝さんと私と光くんが三人で協力した方がずっと早いわね」

「協力」

そう、って文さんが大きく頷いた。

「さしあたっては小松さんよ。まだ小松さんが仕掛けたって証拠はないんだろうけれど、それを摑んだらそこから突破口が開けるかも」

確かにそうなんだけど。

「心配な部分もあるんだけど」

文さんが、僕を見て、うん、って強く頷いた。

「わかるわ。もしもこの謎を追いかけて何かがわかったとき、私が火事を起こした犯人だったり、自分の両親を殺してしまったんだっていうのがわかったときにどうなるのか、ってことでしょう？」

「そんなことは全然考えていないよ。文さんが自分の親を殺すはずない」

「私も、そう思っているんだけど」

とにかく、あの火事が〈事故〉ではなくて〈事件〉なんだとわかったら、そのときには確実に〈銀の鰊亭〉の誰かが、青河家の誰かがそれに関係しているはずだってことだよね。そそれは覚悟しなきゃならないのかなって」

そうね、って文さんは頷いた。まだ嬉しそうな顔をしたままだったけど。

「門馬電設さんには入ってもらいましょう。その電話をしたらきっと磯貝さんは裏から手を回すつもりだったのよね？　誰かに盗聴器を外す役目をさせるために」

「そうだと思う」

「じゃあ、裏から手を回す手間を省いてあげましょう。堂々と盗聴器を探して外すのよ。もちろん門馬電設さんには堅く口止めをする形で」

「いいのかな」

「やらなきゃ。磯貝さんは自分の事件だと思っているんでしょうけど、これは私たちの事件よ、光くん」

青河家の、って文さんは言って表情を引き締めた。

「誰かが、何かを知っている。それを突き止めて、あの火事の本当の原因を炙り出さなきゃ。

たとえそれで何かとんでもないことが起こるとしても」

鬼が出るか蛇が出るか、だ。


磯貝さんにLINEしたんだ。文さんに全部話してしまったって。

【すみません】

【いえ、いいです。そういうのもあると想定していました】

【文さんに話してしまっても良かったんですか？】

【光くんだけを信頼していると言いましたよね】

【はい】

【もしも光くんが文さんに全部話すということは、何らかの事実を摑んでそうした方がいいと光くんが判断したということですから】

そんなに信用されていたのか。

【警察の上層部の判断を、磯貝さんは信頼していないと僕は思ったんです。それは文さんもそう思っていたんです】

伝えた。文さんが抱いていた違和感のことを。

【なるほど】

【そうなんですよね？】

しばらく返事がなかった。

【仮に、ですよ】

【はい】

【実はそうなんです、と僕がここで言ってしまったら、それはとんでもないことですよね。一般人に警察内部の大きな問題を教えることになってしまう】

それは、そうだ。

【言えませんか】

【言えませんね。でも、これだけはお教えします。もちろん、これも絶対に秘密です。もう本当に誰にも言わないでください。文さん以外には】

【はい】

【最初に言ったように、既に火事が事故と断定されて事件としての明確な証拠もないので迷宮入りに一直線です。でも、僕はそれを良しとは思っていません】

そうですよね。だから僕を使ったんだ。

【光くんが察したように、僕は一人で、仲間の誰にも内緒で動いています】

一人で動いているっていうことは、組織への疑いを持っているってことだ。でも、それは言えないんだろう。

それに。

【一人で内緒で動いていると認めたってことは、磯貝さんは前にも言ってたけど事件だと確信してるからですよね。それは僕に教えていない証拠みたいなものを持ってるってことですよね？　あの火事が事故ではないっていう。刺し傷とか文さんの記憶障害とはまったく別の】

またしばらく間が空いたので続けた。

言えないんだな。

【文さんは、電気工事の人に盗聴器を探せって指示するって言ってます。それを磯貝さんにも伝えて、三人で会いたいって言ってます。この事件を解決できるのは僕たち三人だけだって】

【ことここに至ってはそうするしかないでしょうね。僕も動きやすくなります】

【じゃあ、全部教えてくれるんですね。その証拠みたいなものも】

【会ったときに話しましょう。とりあえずは、文さんの言ったように盗聴器を探してください。堂々と。くれぐれも外部に漏れないようにです。そして、盗聴器に他の人の指紋をつけないように】

【わかりました】

よく刑事物や警察物のドラマや小説で〈非番〉っていうのがあって、実はよくは知らなかったけど警察には〈非番〉の他にちゃんとした〈休日〉があるんだ。

わかってはいたけど、警察官はなかなかハードな勤務体系なんだ。

いろいろ仕組みはあるらしいけど、基本的に〈非番〉っていうのは、当直勤務つまり休憩時間を含めた二十四時間の勤務があって、それを終えた日のことを言うんだそうだ。朝の九時から始まったら次の日の九時までが勤務。それが終わっても眠いやら疲れるやら残務処理やらで休めたものじゃないって話。

だから、非番っていうのは正確にはほぼお休みの日ではない。そして〈休日〉はちゃんとした〈休日〉だ。制服警官でも、磯貝さんみたいな私服の刑事でも当直勤務はほぼ同じようにあるらしい。

今、磯貝さんは事件を二つも抱えていて休みも何もないんだって言っていた。めっちゃキツいらしい。それで、ちゃんとした休日が、もしくは非番の日に時間が取れ次第、〈銀の鰊亭〉に来てくれると言った。ただし、ひょっとしたら深夜にこっそり来ることになるかもしれないって。

「それぐらい、秘密裏に動かなきゃならないんだって」

LINEし終わって文さんに言うと頷いた。

「警察の上層部を探ることにもなるんでしょうから当然よね。誰の目が光っているかもわからないんじゃないのかしら」

「仲間も信用できない」

そうね、って頷いた。

「だから、一人で動いている。光くんと初めて会ったときにも大学近くの美術館の駐車場で話したんでしょう?」

「そう」

「明らかに、人目を避けたのよね」

あのときは別に不思議にも思わなかったけど、きっとそうだ。

「とんでもないことになりそうだね」

「覚悟はしているわよ」

そう言って文さんは机の上の卓上カレンダーを取った。

「今日は水曜日。門馬電設さんに電話して来週の月曜と火曜で家中の電気関係を点検してもらって、盗聴器を見つけてからの方が話はしやすいわよね」

「そうだね」

「盗聴器を見つけたらどうやって渡すか、今確認した?」

「宮島先生に渡してくれって。先生は事情がどうであろうと写真を撮りたいから、月曜と火曜に店に来るから」

こくん、って文さんは頷いた。

「その方が話が早いわね。そうすると」

カレンダーを指でなぞった。

「早くても、磯貝さんが来られるのは来週の水曜日以降ってことよね」

そう言って、小さく溜息をついた。

「もう、すぐにでも私の記憶が戻れば、ひょっとしたら光くんにもこんな気苦労をさせなくて済むのにね」

「そんなの考えなくていいよ」

大丈夫だ。記憶なんか戻らなくても、きっと事件を解決する手段はある。

☆

大学って高校よりもずっと気楽なんだろうな、って思っていたんだけどそうでもない。あたりまえなんだけど、しっかり勉強しないとどんどん取り残されていくってすぐにわかった。

そして、取り残されても誰も何もしてくれないし、言ってくれないんだ。教授も准教授も講師も。勉強しないで遊び歩いて単位を落としてもそれは本人の責任で、学校の責任じゃない。

日曜日の夜だ。

大学の講義はもちろん休みだけど、〈銀の鰊亭〉は営業していた。ランチはなしで夜のお客様一組のみ。そのお客様もお酒を召し上がらない食事だけの人で、午後八時前にはもう帰ってしまった。

厨房の後片づけは仁さんと二人でやっていた。

仁さんが訊いてきた。

「大学でコンパとかないんですかい」

「飲み会ね。いろいろあると思うよ」

「坊ちゃんは参加しないんですか」

「しないってこともないけど」

今のところ、僕は何のサークルにも入っていない。基本、大学と家の往復だけだ。一応アルバイトとして、ここに入っているんだから。

「特に酒を飲みたいとも思わないし」

「彼女とかいないんですかい」

「いないよ」

苦笑いするしかないけど。

「坊ちゃんは、モテるはずですけどね。あっしの眼からすると」

　自分で言うのもなんだけど。

「別に、彼女いない歴十八年ってわけじゃないよ」

　中学のときにも、高校のときにも付き合った彼女はいた。

「どうして別れちゃったんですか」

「高校のときの彼女は、東京の大学に行ったんだ。それで遠距離はゼッタイにムリだからって」

　なるほど、って仁さんは笑った。

「まぁこれからいくらでも女の人とは知り合えますからね」

「仁さんだって独身だよね？」

　仁さんは六十六歳だ。普通の企業ならもう定年退職していてもおかしくない年齢。

「ずっと独身でしたね。私の場合はモテなかったんですよ」

「そんなことはないでしょう」

　仁さんは、めっちゃシブい。小さい頃は単なる板前のおじさんとしか見えなかったけど、今なら仁さんの男としてのシブさがものすごくわかる。

　身長は一八〇近くあるだろうし、何の運動もしてなかったって話なのに背筋がしゃきっとして筋肉質だし、何より顔がハーフっぽいんだ。チャラい感じじゃなくてドイツとかあっちの方の俳優さんみたいな感じ。

「前にも訊いたと思うけど、ハーフじゃないんだよね？」

笑った。

「違いますぜ。どこを取っても日本人。ただですな、ひょっとしたらご先祖にロシアかどっかの人がいたかもしれねぇって話はありやすね。五代か六代前か、とにかく大昔に」

「あ、そうだったの？」

「話ですけどね。どうもときどきこういう彫りの深い顔の男が生まれるらしくてね。そんな話が代々伝わってますよ。なかなかすごいですぜ。その昔に難破船で流れ着いたロシア人と漁村の娘だった先祖が結婚したとか犯されたとか」

わお。

「その二つは全然違う話になっちゃうじゃん」

「ただまぁ、東北の方の漁村に先祖がいたのは間違いないんでね。そういうこともあったんじゃないですかね」

人に歴史ありだよなぁって思う。

日本人ってよく純血とかそういうのを気にする傾向があると思うんだけど、大昔に日本にやってきた外国人や漂流してきた外国人なんて結構いたはずだから、血が混じっていても何の不思議もないんだよね。

「そうだと思いやすぜ。こうやって客商売していると、私みたいにどう見ても外国人の顔つきの日本人なんてたくさんいやすからね」

「だよね」

それで、どうして独身なんだろう。仁さんは笑いながら首を捻った。

「縁がなかっただけですよ。私は、こうして厨房で包丁握ってられればいいっていう男ですからね。女の人にはおもしろくも何ともない男なんですよ」

「仕事一筋」

「仕事なんて、思ってやしやせんよ。ここにいることが、生きるってことなんですよ。それが生き甲斐なんですよ」

そう言って頷いた。そういう生き方だってあるよね。

男も女もそうだろうけど、何も結婚して家庭を持つことだけが幸せってわけじゃないんだ。

「しかし」

うむ、って感じで仁さんが小さく首を動かした。

「文お嬢さんには、幸せな結婚をしてもらわなきゃ困りますな」

「そう？」

「ここを、〈銀の鰊亭〉をきっちり守ってもらわなきゃなりやせんからね。まぁ守ってくれるのが坊ちゃんでもいいんですけどね」

それはどうかなぁって思うけど。わからないけどね。

「あ」

隣の部屋の机の上に置いたスマホが鳴った。LINEの音だ。ちょうど洗い物が終わったので、手を拭きながら取った。

磯貝さんだ。

【最終的な確認は取れていませんが、おそらくそちらの客である小松義則が重傷を負い、病院に運ばれています。事故のようですが、また連絡します】

（え？）

小松さんが？　あの医者の？

文さんが部屋から小松さんの病院に電話して確認してみた。もちろん〈銀の鰊亭〉の女将として。

「間違いないわ。救急病院に運ばれているわ。今日のお昼ね」

「昼に」

文さんが顔を顰めた。

「電話に出たのは事務員さんなので詳しいことは全然わからなかった。今日の外出中に、成宮神社の階段から落ちたらしくて、とにかく重傷だってことだけはわかった」

「階段から？」

成宮神社は知ってる。山の上にあるからあそこの階段は長くて厳しいんだ。あそこから落ちたら僕だって重傷か、死ぬ。

二人で顔を見合わせてしまった。

「嫌なタイミングだね」

「そうね」

たぶんでしかないけど、ここに盗聴器を仕掛けたはずの小松さんが事故で重傷。

「自分で転んだのかどうかもわかんないんだよね」

文さんが首を縦に振った。

「わからない。足を踏み外したのかもしれないし、誰かに突き落とされたのかもしれない。今日は晴れていたから雨で滑ったってことはないわよね。その辺はきっと磯貝さんが確認してくれるんじゃないかしら」

「だよね」

階段から落ちて怪我したなんて場合は、警察はどこの部署の人が出てきて調べるんだろう。

「加島さんというのは、実は桑本さんで、ボディガードでもあるって言ったわね」

「そう。磯貝さんがそう言っていた」

「どうしてボディガードみたいな人を雇ったのかも、わからない」

頷いた。僕らには全然わからない。

「雇ったとしても、そのときは一緒じゃなかったのかしらね。それとも桑本さんという人も一緒に落ちたのかしら」

「その可能性もあるよね」

何もわからない。とにかく磯貝さんからの連絡を待つしかないんだけど。

「あ」

来た。磯貝さんからのＬＩＮＥだ。

【小松氏は、先ほど病院で亡くなりました。頭を打ってました】

死んだ？

【事故ですか？】

【目撃者は今のところ見つかっていません。運び込まれたときの怪我の状況を医師が確認していますが、それからすると争ったような傷も痕跡もなかったようで、目撃者が出なければ事故とするしかない感じです。桑本はその場にはいなかったようですが、そちらも今、私が個人的に確認中です】

【そうですか】

誤って階段から落ちた。小松さんは老人だからその可能性も大いにあるんだろうけど。

【どうして成宮神社にいたのか、なんてのも調べてるんですよね？】

【担当部署の警察官が聞き取り調査中ですが、まだわかっていません。光くん】

【はい】

【今夜、お伺(うかが)いしていいでしょうか?】

【ちょっと待っててください】

「文さん、磯貝さんが今夜来ていいかって」

「もちろんよ」

文さんが大きく頷いた。

「もしも人目を気にするのなら、橋(はし)の上(かみ)の方から回ってくると裏に入れますって伝えて。あそこは夜はまったく車も人も通らないから」

「わかった」

【お待ちしてます。橋の上の方から回ると人目につかずに家の裏に入れます。連絡くれれば裏口を開けます】

【助かります。何時になるかはまだわかりませんが、今日のうちにはお邪魔できると思います】

【わかりました】

文さんが僕を見て口を真一文字(まいちもんじ)にしながら頷いた。

僕も、頷き返した。

「小松様の死は、明らかに関係しているわよね」

「もしも、殺人なら、だけどね」

そうじゃないことを、ただの事故であることを願うけど、事故が起こるにはタイミングが良過ぎると思う。

2

文さんの部屋に来てもらって、磯貝さんが夜遅くに訪ねてくることを仁さんにも伝えた。

それは、医者の小松さんが神社の階段から落ちて死んじゃったことについて、いろいろと話をしに来るんだってことで。仁さんはここに住んでいるんだから、磯貝さんが来たらすぐにわかるし、何よりも火事のことで仁さんは磯貝さんに何度も会っているんだ。

どうして小松さんが死んだことで、刑事の磯貝さんがここに来るのかってことを仁さんは疑問に思うはずだ。

なので、説明した。

磯貝さんが今もあの火事の件で、一人で動いていることを。

それを説明しないで何も訊かないでほしい、って文さんが命令することもできたし、そうなったら仁さんは黙って頷くだろう。

でも、何たって仁さんは、今となっては文さんの親代わりみたいな存在だし、〈銀の鰊亭〉

になくてはならない人なんだ。仁さんがいなくなってしまったら、ここを続けられなくなるぐらいの。文さんのことをいちばんに思っているのは、母さんも僕もそうだけど、仁さんだって同じぐらいなんだから。

だから、磯貝さんと僕の関係を、今までのことを全部伝えた。

もちろん、篠崎さんや小松さんのことも。盗聴器の問題も。ぶっちゃけ盗聴器を探すのだって、仁さんに内緒にしておくのは無理な話だ。ほぼ一日中ずっとここに、文さんと一緒にいるんだから。文さんに話すのは想定内だったって磯貝さんは言ってたけど、それならきっと仁さんに話してしまうことも想定内だったはず。

仁さんは全然驚くこともなくて、じっと話を聞いて、そしてゆっくりと大きく頷いた。

「そうでしょうね」

静かに言った。

「そうでしょうね、っていうのは？」

「磯貝刑事ですね。私もあの火事のときに何度か事情を訊かれやしたし、話もあれこれしました。事故ってことになったときにも、ここに来て磯貝刑事が説明していきやした。そんときに、そんな顔をしてましたよ」

「そんな顔？」

にやりと仁さんは笑った。

「俺は納得してない、って顔ですよ。いかにも不満そうな顔でした。何だったらお前が、私がですね、火付けの犯人じゃないかなんてふうにね」

「それは」

文さんが言うと、仁さんは手を軽く振った。

「冗談ですよ。それぐらい、磯貝刑事は事故にしてしまうことを不満に思っていたって感じたということですよ。ですから、今でも、しかも一人で捜査していると聞いても何にも驚きませんぜ。むしろ、やっぱりやっていたか、ってもんです」

そうなのね、って感じで文さんが頷いてから、少し眼を細めるようにして仁さんを見た。

「仁さん」

「何でしょう」

「私ね、何度も言うけど記憶がないの」

「へい」

「でも、警察の人に、それこそ磯貝刑事もいたわ。状況を聞いたのね。火事のときどんなふうだったのかを。もちろん、全部は教えてくれなかったけれど、私は火の中に飛び込んでいく前は仁さんと一緒にいたようだって」

「そう、ですね」

ちょっと思い出すような表情をしてから、仁さんは頷いた。

「改めて訊くけれど、その火事のあった夜、私と仁さんは何をしていたの？　お父さんとお母さんがあの離れにいたときに」

「私は厨房にいましたし、文お嬢さんは隣の部屋にいました。ですからほぼ一緒にいたと言っても同じです」

それは、いつもの感じだ。

「ということは、〈月舟屋〉に料理を出していたの？」

いいえ、って感じで仁さんは首を横に振った。

「客が来ることを、まぁそれは私も後から知ったことなんですが、旦那さんは私にも文お嬢さんにも言っていなかったんです。焼け跡からは茶を出した様子があったそうですから、あそこの水場を使って旦那さんか女将さんが出したんでしょう」

「確認だけど、祖父ちゃんと祖母ちゃんが〈月舟屋〉にいたことを、その他に二人の人間がいたことを仁さんも文さんもまったく知らなかったんだよね？」

そうですよ、って仁さんが頷いた。

「もちろん警察には、それこそ磯貝刑事にも話しやしたけどね。別邸には母屋を通らないで外からそのまま入れやす。だから、旦那さんと女将さん、そして謎のお二人が予め時間と場所を決めておいて〈月舟屋〉に集まることは簡単にできやす。私たちには知られずに」

その通り。それは僕も昔から知ってる。

「あの日は、何事もない普通の夜でしたね」

仁さんはそう続けた。

「泊まりのお客さんはいやせんでした。一組の食事のお客さんが帰られて、後片づけも終わって皆でご飯を食べて、通いの連中は帰りました。その後は、それぞれに夜を過ごしやす。風呂に入ったり帳簿を付けたり、全部終わればテレビを観たりもします。どこの家庭でも同じの、いつもの夜です」

今もそうだ。全然同じだ。

「そして、夜に旦那さんがあちこちの部屋の掃除や点検をすることは日常茶飯事でしたし、それが旦那さんの仕事でしたからね。どこかの部屋に電気が点いていたり、物音が聞こえても旦那さんだろうって誰も気にしません。まぁ、それがあだになったとも言えるんですがね」

「気づいたときには、もう燃えていたんだね」

顔を顰めて、仁さんが頷いた。

「私は厨房で道具の手入れなどしてやした。何か燃えるような臭いに気づいて、慌てて私は臭いの元を探したんです。文お嬢さんも一緒でした。『何か臭うわね？』って話しました。それで外を見たら〈月舟屋〉が燃えていました。咄嗟に私は一一九に電話を掛け、文お嬢さんは外に飛び出していきやした。ほんの少し遅れて私が駆けつけたときにはもうどうにもならないような状況でした。それでも私が水を掛けようと水撒き用のホースを取りに行こうとしたときに、呆然と見ていた文お嬢さんが飛び込んでいったんですよ」

つらそうに、仁さんは息を吐いた。

「あっという間でした。私があのときに止めることができていれば、文お嬢さんも記憶を失うこともなかったんでしょうが」

「もちろん、文さんは覚えていない」

文さんが頷いた。

「でも、飛び込んでいったってことは、中に祖父ちゃんと祖母ちゃんがいるってことがわかったんだよねきっと」

「そうなんじゃないかしら」

「私は、気づきやせんでしたが、ひょっとしたら文お嬢さんには二人が中にいることがはっきりとわかったのかもしれませんし、火事なのに二人の姿がどこにもない、家から出てこないってことで、そうしたのかもしれやせん」

そういう話になるんだ。

でも、ひょっとしたら文さんはその前に〈月舟屋〉に祖父ちゃんと祖母ちゃんがいることを知っていたのかもしれない。そこは、文さんの記憶が戻る以外、確かめようもないんだ。

「私を助けてくれたのは、仁さんなのよね」

こくん、と、仁さんが頷いた。それも前に聞いている。すぐに仁さんが来て、崩れてきた柱にぶつかって倒れこんだ文さんを抱えて、仁さんは燃え盛る〈月舟屋〉から離れたんだ。

本当に間一髪だったって仁さんは言っていた。ほんの十秒も遅れていたら死体は五つになっていたって。実際仁さんも軽いものだけど火傷を負っていた。

「それで、すぐに消防車が着いたんだよね」

「そうです」

すぐにです、って仁さんが続けた。

「救急車もほぼ同時に着きやした。文お嬢さんをそのまま乗せて走ってもらいました。私も付いていきたかったんですが、家に誰もいなくなってしまいますからね。残っていました」

ちょっと息を吐いた。

「本当に、大変な夜でしたよ」

その後に、仁さんはうちにも電話を寄越したんだ。文さんが病院に運ばれたから、母さんにそっちに行ってくれって。

大騒ぎになった夜だから、僕もよく覚えている。

☆

「夜分にすみません」

そう言って磯貝さんは裏の玄関先で頭を下げた。グレーの細身のスーツは軽そうだ。ネクタイは一見地味だけど実はけっこう派手な花模様の柄で、磯貝さん結構おシャレな人だと思うんだ。

もう着きますってLINEを貰って、僕が裏の玄関の鍵を開けて外に出たらすぐにヘッドライトが見えて車が着いた。この前とは違う車だから、ひょっとしたら自分の車で来たのかもしれない。

「どうぞ」

どこで話をするのかと思ったけど、文さんは、裏の入口からすぐのところにある、普段はまるっきり使っていない小さな洋室に案内した。ここは昔はベッドがあって宿泊用の洋室だったって話だ。

フローリングっていうより昔の木の床で、窓が縦に細長くて小さいけどシャンデリア風の照明がぶら下がっている。革張りの小さなソファセットが置いてあるから、四人でテーブルを囲んで話をするにはちょうどいいかも。

用意しておいたコーヒーを出した。磯貝さんは、一緒に仁さんがいることに何にも言わないからきっとわかっていたんだと思う。

「さっそくですが、小松医師の件です」

「はい」

磯貝さんが文さんを見ながら言うので、文さんが頷いた。

「時間としては本日の昼間、午後一時二十分頃です。そのときに救急車を呼ぶ電話が入りまして、小松医師は救急病院に運ばれました。ＬＩＮＥでもお伝えしましたが頭を打っていました。直接の死因は外傷性のショック死になるのかあるいは失血死になるのか。見つかるまでに時間が掛かっていたようですね」

皆で顔を顰めてしまった。あの階段から落ちるなんて想像するだけでも嫌だ。

「救急車を呼んだのは誰なんですか？」

訊いたら、軽く首を動かした。

「神社の宮司さんです。そこは何もおかしなところはありません。所用で階段を下り始めたらすぐに下に人が倒れていることに気づいたと」

「じゃあ、第一発見者も宮司さん」

「今のところはそうなりますね」

磯貝さんは、僕らを見回した。

「これは含むところは何もないのですが、後から訊くことになって気まずい思いをするより、今訊いておく方が手っ取り早いので一応念のために聞かせてください」

すぐにわかった。何を訊くのかは。

「その時間にどこにいたか、ですか」

はい、って磯貝さんが頷いた。文さんが僕を見た。

「光くんは家にいたよね」

「そう」

磯貝さんも頷いた。

「それはすぐに確認が取れるでしょう」

「私も、その頃は家にいました。仲居の岡島さんもいたので一応アリバイはあると思います」

「そうですか」

「私は」

仁さんだ。

「生憎と一人で仕入れの買い物に出ていましたが、立ち寄ったのは馴染みの店ばかりですので、その気になればアリバイ確認はできると思いやすね」

わかりました、って磯貝さんは言った。

「もちろん、念のためです。皆さんに小松医師を殺す動機があるとは思っていません」

「死因に何かあったんですか？　不審な点が」

訊いたら、首を横に振った。

「やはり、死因に不審なところはなく、検視結果も争ったような跡はないとなりました」

なかったのか。ちょっとホッとしてしまった。

「身体の傷はすべて転落によるものであろうという結論になっています。これは念のために言いますけど、殴(なぐ)られた痕と転落による痕は似たようなものにはなりますが、ちゃんと区別できます」

頷いておいた。

「今のところ目撃者も出ていません。成宮神社に行った理由ですが、ひと月に二度か三度ぐらいは、健康のためにあそこの階段を上って参拝するのが習慣になっていたようです。これはご家族の証言も取れましたので間違いないです。したがって」

そこで言葉を切って僕を見たので、言った。

「事故で処理される可能性が高い、ですか」

磯貝さんがはっきり頷いた。

「まず間違いなく。この状況では事故としてしか処理できません。目撃者が出ない限りは」

成宮神社はそんなに大きな神社じゃない。階段の多さだけは、この辺りできっといちばんだけど、お正月でもないのに参拝する人なんかほとんどいないと思う。

「ただ、皆さんお考えだと思いますが、あそこの階段の途中で誰かに押されたり転ばされたりしたのなら、そのまま落ちていってもまったく不思議じゃありません」

「そして、争った跡なんかできないってことですよね」

その通りです、って磯貝さんは頷いた。

「そのときに桑本が何をしていたかは、まだ確認していません。それは、確認しようとしてもはぐらかされたらそれまでだからです。あいつに確認するのはここから盗聴器が見つかってからにしようと思います」

「でも盗聴器に指紋がなかったら？　知らないとか言われたら」

磯貝さんが肩を竦めた。

「たぶん、ついていますよ。間違いなく」

それは、ついていなくてもついている、って言っちゃうってことだろうか。そう訊いたら磯貝さんは薄く笑った。

「そうです、とはこの場では言えないですね。でもきっと指紋はついていますよ。間違いなく」

「そこまでしようと思っているのは、事故としてしか処理できないけど、事件かもしれないって思ってるからですか？　小松さんの死はここの火事に関係しているって？」

はい、って磯貝さんがはっきり言った。

「直接の関係はないかもしれません。しかし、関連性は間違いなくあると私は思っています。そうでなければこんなタイミングで盗聴をした人物が事故で死ぬなど、神様が仕組んだ偶然でもなければ起こらないと思います。なにより」

「なにより？」

「これは、鑑識の人間も言っていましたが、小松医師は階段の下まで転げ落ちていたんです。階段のどこから落ちたかは判然とはしませんでしたが、ちょうど真ん中辺りにわずかな血痕があったので、そこより上からだと思われます。そうすると」

磯貝さんが右手の人差し指を立てた。それをくるくると回して斜めにテーブルまで動かしていった。

「階段の真ん中辺りで倒れて、そして下まで転げ落ちたことになります。それは、転がり過ぎではないかと」

「転がり過ぎ？」

「そうです。転んで頭を打ってすぐに意識を失ったとすると、人間の身体は筋肉の動きがなくなりただの肉の塊（かたまり）になります。そうするとどうなると思います？」

どうなる？　考えてしまった。

「眠ってしまった子供みたいになるってことですよね？　意識がなくなるってことは」

文さんだ。

「そういうことです」

「くたり、となってしまって、そんな状態では転がっていかずに、階段の途中で止まる可能性が高いってことですね？」

「その通りです」

大きく頷いて、磯貝さんが続けた。

「その反対に、意識があったとすると何とかして転がり落ちるのを止めようとします。しかし、止めようとして手足を動かすと逆に大きく跳び上がったりしてしまって、身体の損傷がひどくなったりもします。石段にしがみつこうとして指なども傷だらけになるでしょう。しかし、小松医師の身体についた打撲の痕は、ひどく素直だと検視をした人間は言っていました」

「素直」

「きれいに、素直に、丸太が階段を転がっていったみたいだと。それは意識がある場合でもない場合でも、どっちの場合にもあまり当てはまらないんです。まるで、意識を失った身体を誰かがころころと階段を転がしていったみたいだと」

転がしていった。

「犯人がいて、ですか」

僕が言うと、そうです、って磯貝さんが言った。

「ただ、これはあくまでもそんなふうにも思えるということです。検視をした人間も階段でどこまで人間が転がるかを実証実験したわけではありません。たまたま、小松医師がそういうふうに転がっていった可能性もなきにしもあらず、です。目撃者がいなくて、身体にそれっぽい傷がない以上は、事故であると結論づける他ありません」

そういうことか。でも、磯貝さんは。

「小松さんを落とした犯人がいる、と思っているんですね」

「殺意の有無に拘わらず、階段を転がした人物がいるのではないかと思っています。では、その人物は何故階段を転がしたのか？　下まで落とす意味は何なのか？　何だと思います？」

意味。階段を転がして下まで落とす意味。

「拷問、ですか？」

そう言ったら、磯貝さんは感心したように首を捻りながらにやりと笑った。

「本当に光くんはできる子ですね。大学を卒業したら警察に来ませんか？」

「いやそれは」

全然まるっきり考えていない。

「拷問って？」

文さんだ。

「仮にです。手足が動かせない状況で階段に転がして『吐け！』とやったらどうです？」

なるほど、って仁さんが頷いた。

「何かを白状させようとして、ですか」

「あくまでもひとつの可能性ですがね。人目につくところでそんなことをするか？　という問題もありますが」

その通りだ。

「とにかく、私は小松医師の死はあの火事と何かで繋がると考えています。ことここに至っては皆さんに何かを隠して動くのも面倒ですし非効率ですから、こうしてお話ししているわけです」

「磯貝さん」

「はい」

ここで、訊いておいた方がいいって思った。

「磯貝さんが捜査を続けている本当の理由を知りたいんです」

そう言うと、磯貝さんが眼を細めて僕を見た。

「どういう意味でしょうか？」

「僕に文さんを見ていてくれって頼んだのは、身元のわからない遺体に刺し傷があったからだけじゃありませんよね？　何か他に、これは〈事故〉ではなく〈事件〉だという証拠というか、事実みたいなものがあったからなんじゃないですか？　そしてそれを磯貝さんだけが知っているからじゃないんですか？」

今度は唇を細めた。

「何故、そう思うんですか？」

「カンです」

そう言うしかないけど。

「でも、そういうふうに考えた方がしっくり来ました。磯貝さんは何かを隠しているんだって」

磯貝さんが、じっと僕を見た。

それから、仁さんを見て、文さんを見た。少し眼を伏せて、息を吐いた。

「そうですね」

少し微笑んだ。

「本気で光くんを警察にスカウトしたくなりましたが、ことここに至っては隠すこともないでしょうし、隠していてもしょうがないでしょう」

「じゃあ、やっぱり」

はい、って頷いた。

「あの火事について、誰も知らない事実を、私は知っています」

言葉を切った。

そこで文さんがちょっと動いた。

「ごめんなさい、気づきませんで」

すっ、と立って、壁際に置いてあるチェストの上からガラスの灰皿を持ってきた。

「どうぞ、私たちは構いませんので」

磯貝さん煙草吸うのか。全然気づかなかった。

「すみません。では一本だけ」

ポケットから煙草の箱を取り出し、一本抜き出して口にくわえて火を点けた。ゆっくりソファの背に凭れ掛かって、天井に向かって煙を吐き出した。少しでも僕たちの方に煙がいかないようにってことだろう。

〈銀の鰊亭〉は禁煙じゃない。煙草を吸う人には喫煙用の部屋がちゃんと用意できる。

「あの日」

ソファの背に凭れたまま磯貝さんが言った。

「あの日、消防に火事の通報電話が入ったのは一件や二件じゃありません。合計で三十三件もの通報が入っていました」

三人で頷いた。数までは聞いていなかったけど、たくさん通報が入ったっていうのは聞いていたし、そうだろうと思う。

〈青河邸〉はこの町の丘の上にあるから、そこが大きく燃えていたら遠くからでも見えると思う。まだ夜の十一時前だったから、起きている人はたくさんいただろうし、繁華街の高いビルやマンションからでも見える。

磯貝さんが煙草を持ったまま、仁さんを見た。

「二瓶さんからの通報は、三件目、三番目でした」

「三番目」

ほう、って感じで仁さんはちょっと口を開けた。それは知らなかった。

「その前に二件、通報が入っていたんです。どこから通報が入っていたかを調べました。二番目に入れたのはもちろん市民の一人です。名前は言えませんが、二十代の大学生の女の子です。たまたまでしょうけど、光くんと同じ学校の子ですね。自宅の二階の自分の部屋の窓から見えたのでしょう。自分のスマホから掛けてきました。もちろん、位置関係は調査済みです。なんら不審な点はありません」

不審な点。

「と言うと、最初の通報に問題があるってことですか？」

訊いたら、磯貝さんは頷いた。

「最初に通報してきたのは、安東司（あんどうつかさ）という男性なのです」

安東司さん。

文さんと仁さんと三人で顔を見合わせたけれど、二人とも全然知らないって顔をした。

「知らないよね？」

「知りやせんね」

「お客様でもないわね」

もちろん僕も知らない。

「誰ですか？」

磯貝さんが、大きく息を吐いた。

「うちの、署長です」

「え!?」

思わず声が出た。

文さんが眼を丸くして、仁さんがまた少し口を開けた。

「署長さん？」

警察官。

磯貝さんが眼を細めて僕らを見た。

「もちろん、警察官が一一九に通報したからと言って、おかしいわけじゃありません。その日、署長は通常の勤務を終えて自宅に帰っていました。火事を目撃したから一一九に電話したのなら、それは人としても警察官としてもあたりまえのことです」

ですよね。

「問題は、その時間です」

時間。

「まさか、火事の前に電話してきたってことですか?」

磯貝さんが首を横に振った。

「火事が起こった時間を正確に求めることはできませんが、署長から通報があった時間にはおそらくもう燃えていたでしょう。それは間違いありません。しかし、はっきり言えることは、署長の自宅から〈銀の鰊亭〉は見えないってことです」

見えない。

「それは」

署長さんが自宅にいなかったってことだろうか。

「しかも、さらにおかしなことに、署長は自分のスマホや自宅の電話を使って通報してきたわけじゃありません。公衆電話から通報してきたんです」

公衆電話。

いまどき。

「え、ちょっと待ってください」

それは、変だ。

「公衆電話なら、発信記録から時間がわかるのかもしれませんけど、署長さんが通報したなんて自分で言わないとわからないですよね。署長さんは公衆電話で通報したときに、名乗ったんですか?」

「いいえ、名乗っていません」

「それなら、何故」

「目撃者がいたんです」

目撃者。

「何故か、署長が出火したであろう時間に自宅を出て、五分も掛かる公衆電話のあるところまで歩いていって、火事です、と通報したんです。署長の自宅から公衆電話までの道程から〈銀の鰊亭〉が見える場所は一切ありません。それなのに、署長は通報できたんです」

通報できた。火事を。

「不思議ですよね？　そしてそれを、署長が電話していたのを目撃した人物というのは」

「誰ですか？」

文さんが訊いた。磯貝さんは、煙草の煙をゆっくりと吐き出してから、静かに言った。

「安東翔子さんです。署長の、娘さんです」

娘さん。

「そして、私の婚約者です」

きっと僕も文さんも仁さんも、同時に眼を丸くしたと思う。

婚約者って。磯貝さんが、少し困ったような笑顔を見せた。

「結納を交わしたという意味合いではなく、結婚することを二人で確認し合っている恋人という意味合いです」

「それは」

文さんだ。

「もちろん、その、署長さんも、親御さんもご存知ってことですか」

「はい」

そうです、って磯貝さんが頷いた。何を言えばいいのか、困ってしまった。

「その、翔子さんが、磯貝さんに言ったんですか？　お父さんが公衆電話から電話していたって」

「そうです」

溜息をついた。

「捜査の過程ではなく、プライベートで会っているときにです。ぶっちゃけてしまうと私とデートした帰り道です」

デート。

「お父さんが、署長がですね、公衆電話から電話をしているのを彼女が見たんです。私は車を運転していたのでそれには気づきませんでした。彼女が言ったんです。どうして公衆電話から電話しているんだろう、と」

うわ、って声が出るところだった。

「私も疑問に思いました。それで、彼女を家に送って、家に入るのを確認した後に待っていると署長が帰ってきました。もちろん、見つからないようにしていました。〈銀の鰊亭〉が火事になって焼死体が発見されたと連絡が入ったのはその後です」

3

署長さんが、〈銀の鰊亭〉の火事の通報をした。

火事になっているのが自宅からは見えなかったはずなのに、どうして火事のことを知ったのか。

「もしもこれが一般人なら、私はすぐに事情聴取をしたでしょう。警察官なら百人中百人がそうするはずです。しかし」

警察署長は、この町の警察のトップだ。そんな人に事情聴取を、しかも、磯貝さんにとっては恋人の父親。

うわぁ、って声を出しそうになってしまって、堪えた。どんなドラマだ、って話だ。文さんも磯貝さんの渋面に負けないぐらいに渋い顔をしながら、考え込んでいた。

「していないんですね」

文さんが顔を上げて言った。

「していません」

その理由は、考えなくてもわかるけど、一応訊いてみた。

「通報したのが署長さんだったという、明確な証拠がないからですよね？」

「そうです」

磯貝さんが頷いた。

「署長さんが公衆電話から電話していた、と、目撃したのは署長さんの娘さんですけど、それは車で通り過ぎる一瞬のことですよね？　そこで車を停めて確認したわけじゃないんですよね」

「そうです」

「見間違えだ、と言われたら、そこまでだから？」

文さんが続けて、磯貝さんが答える。

「署長が公衆電話ボックスにいたことを、こちらが証明できるものは何もありませんでした」

「署長さんが帰ってきたのを磯貝さんが確認しましたけど、それも単に散歩に行ってたんだとでも言われたらそれまでだからなんですね？」

「その通りです。通報の記録は残っていますが、その場で録音されたものはもちろん既に消去されています。公衆電話に指紋は残っていたかもしれませんが、採ってもいませんし、あったとしても既に消えているでしょう」

それも、その通りだ。

「そもそもが、磯貝さんがそれに気づいたのも、火事からしばらく経ってからなんですね？」

僕に続けてまた文さんが訊いたら、磯貝さんは頷いた。

「恥ずかしながら、通報の記録を調べ始めてからです。実際、署長が戻ってくるのを確かめたのも、その時点では火事のことはまだ知りませんでしたから、公衆電話を使って電話していたというのは、ひょっとしたら浮気でもしているのかと、翔子さんが半分冗談交じりに言ったからです。まさかとは思いましたが、念のために外出していたことだけでも、この眼で確かめておこうと思っただけです」

当然だと思う。火事のことを磯貝さんが知ったのはその後なんだ。まさか署長さんが通報しているなんて思うわけない。

「通報の記録の中に、その公衆電話からのものがあったので、そこで初めて気づいたんですね？」

文さんが訊いたら、磯貝さんが息を吐いた。

「そうです。そして通報の記録を確かめ始めたのは火事から四日後です。火事の通報ですから基本は善意の通報です。普通は調べませんが、身元不明の遺体に刺し傷があるということから事件性を疑い、そこで初めて通報の記録も調べ始めたんです」

頷いた。

もしもこれで火事がとんでもない事件に発展していって、記録を調べるのが遅れてさらなる悲劇になったら、初動捜査の失敗、って話になっていくんだろう。

「翔子さんが署長に気づいたときに、僕は車の時計を確認しました。それは警察官としての性ですね。僕たちは日常生活においても、何か普通ではないことが起これば反射的に時間を確認してしまいます。その時刻と、当該公衆電話の通報はほぼ一致しています。状況からすると、署長が通報していたのは間違いないと思われますが、何せ、署長です。我が署のトップです。ただのトップではなく人格者です。安東署長の話を何か聞いたことがありますか？」

磯貝さんが言うと、うむ、って感じで仁さんが頷いた。

「ありやすぜ。お名前は知りませんでしたが、署長さんは毎年サンタさんになってやすね」

「サンタさん？」

「施設の子供たちにプレゼントを配っているんですよ。もうずっとね。それが署長さんだったってわかったのも一、二年前でしたかね？」

磯貝さんが頷いた。

「それもあります。現場にいた頃から優秀な警察官であったのはもちろんですし、警察官としてはあたりまえなのですが、悪い噂話などひとつも出てきません。誰に訊いても安東署長は素晴らしい人物だと言うでしょう」

そんな人なんだ。

「ですから、仮に僕がこの件を誰かに相談したとしても、署長の自宅や公衆電話までの道程から火事は見えないはずなのに何故火事を知ったのか？　という点は、何らかの事情で知ってそこから通報したんだろう、ということになるでしょう。それ以上踏み込んで調べるのは、時間と労力の無駄ということになります。何よりも、これは許してはいけないことですが、警察官は身内を守ろうとします」

それは、小説なんかでもよく読む話だ。

「僕しか知らない事実ですから、当然公衆電話からの通報を不審に思った人間はいません。もちろん翔子さんは火事のことは、単なる失火としか思っていませんから、あの電話と結びつけることもなく何とも思っていません」

「それは、そうですね」

そして、身元不明の死体はあったものの、火事そのものは事件性のない〈事故〉になってしまったんだ。あの二人は、〈事故としての火事〉に巻き込まれた身元不明の死者ということになっている。

文さんも仁さんも、そして僕も、考え込んでしまった。

署長さんは、どうやって〈銀の鰊亭〉の火事を知ったのか。

「普段から署長さんが、火事を知ることはできますよね」

言ったら、磯貝さんは頷いた。

「たとえば、誰かが署長の携帯に電話して教えたということも考えられます。『〈銀の鰊亭〉が燃えています』と。それで念のために通報した、ということも可能性としてはあります。どうして公衆電話からしたのか、というのも、自分の眼で確かめようと思って家を出たが結局〈銀の鰊亭〉は見えず、ちょうどそこにあった公衆電話から、携帯は持って出なかったので、通報した、というケースもあり得るでしょう。あくまでも、可能性としては、です」

「確かに、ありますね」

文さんが頷いた。かなり無理やりって感じは否めないけれども、あり得る話だ。否定はできない。

「仮に僕が署長に事情を訊いたとしても、そういうふうに言われたら、そうですか、としか言いようがありません」

「そこで、途絶えてしまう」

「そうです」

「つまり」

最大の疑問は。

いや、疑惑は。

〈事故〉ではなく〈事件〉で、磯貝さんが今も一人で何故火事が起こったのかを追っているのは。

「署長さんは、火事を誰かに教えてもらったのではなく、火事が起こるのを〈事前に〉知っていたのかもしれない、っていう疑惑を拭うことができていないってことになるんですね」

磯貝さんは顔を顰めたまま、大きく息を吐いて、頷いた。

「その通りです」

文さんも、仁さんも、息を呑んだ。

「自宅から火事が見えないにも拘わらず、通報ができたのは〈火事が起こるのを知っていた〉からだという可能性が充分にありますよね。携帯や自宅の電話を使わずにわざわざ公衆電話からしたのは、自分の関与を隠すため、ってことになります。なおかつすぐに通報したのは早めに消火をして、無用な被害が広がるのを防ぐため、ってことになっていきますよね」

こくん、と、磯貝さんが僕を見ながら頷いた。

「つまり、〈計画された放火〉ってことになってしまいます」

思いついたから言ってしまったけど、言ってから自分で首を捻ってしまった。

「ちょっと変な表現ですけど」

いえ、って磯貝さんが言う。

「その可能性は、否定できません。むしろいちばん可能性が高い仮説かもしれません」

「だとしたら、ですよ」

文さんだ。

「署長さんが自分で火事を起こすのは不可能ですよね。まさか時限発火装置でも仕組んでおいたなんてことはないでしょう。そんなものが焼け跡から見つかったら、いくら警察のトップが絡んでいても揉み消すことは難しいでしょう？」

「もちろんです。警察だけではなく消防の仕事ですからね」

磯貝さんが僕たちをしっかりと見た。

「時限発火装置の痕跡などは見つかっていません。それは僕も確信しています。もっとも消防の火災調査の眼を誤魔化すような、全てが燃え尽きてしまうような緻密（ちみつ）な仕掛けがあったのなら別ですが、火事の原因は漏電です。そこは、納得しています」

「それじゃあ」

仁さんが慌てたように右手を軽く上げながら言って、その手が止まった。

「いや、それは」

困ったような顔をして、僕を見た。

「どういうことですかい。坊ちゃん。署長さんが事前に火事が起こることを知っていたとしたら、誰かから火事を起こすことを聞いていたってことですよね」

「そうなるね」

「それは」

仁さんが言葉に詰まった。

僕も、困ってしまったし、文さんも思いっきり顔を顰めた。

「父、ということにもなってしまうかもしれないわね」

文さんが言って、磯貝さんも頷いた。

「可能性としては、文さんのお父さんも含めて焼け死んだ四名の中に、漏電という偶然を装って火事を起こした人がいるのかもしれません」

「その場合は、自殺ってことになりませんか？」

言ったら、そうですね、って磯貝さんは続けた。

「四人の合意があったかどうかは未来永劫わからないのでしょうが、仮に四人が合意して火を付けたのなら、それは集団焼身自殺という結果になっていくのでしょう」

「でも」

文さんだ。

「誰か一人でも合意していなかったら、殺人ですね？」

「そうなります」

磯貝さんが重々しく言った。

「れっきとした、という言い方は変ですが、殺人事件です。どうして逃げ出せなかったのかという疑問は残りますが」

殺人事件。

「旦那さんだけではないですな？」

仁さんだ。

「女将さんや、身元不明の二人が起こした火事ということも」

「はい」

磯貝さんが頷いた。

「もしも殺人事件と捉えるならば、四名全員が容疑者になり得ますし、それを事前に知っていたとするなら署長も共犯者ということになります。もちろん」

僕を見た。

「光くんとも話しましたが、その四人以外に第五の人間が放火自体に関与していた可能性も捨てきれませんが」

「自殺なら？」

僕は弁護士の息子だけどもちろん法律のことなんか詳しくない。

「全員で自殺するのを署長さんが知っていて、通報だけしたということなら？」

磯貝さんも少し首を捻った。

「自殺そのものは日本では罪ではありませんが、放火は犯罪です。仮に燃やしたのが自分が所有する自宅であったとしても、火を付けた時点で法的には罪です。ですから焼身自殺を知っていて見逃していたのなら、放火の幇助犯ということになるかもしれません」

どっちにしても署長さんの罪が問われることになる。でも、証拠は何もない。突き止めようと事情を訊いても簡単に言い逃れられてしまうこともある。

だから、磯貝さんは署長さんに確かめていない。だから、文さんの記憶が戻るのを待っているんだ。

「迷路に迷い込んだような気がしますな」

仁さんだ。

「それに加えて、小松先生の死を火事と結びつけるのなら、ますます他の誰かの関与があるってことじゃないですかい」

「そうなります。念のためにお教えしますが、署長は小松医師の死亡時刻には完璧なアリバイがあります。何せ署にいましたから」

あるんだ。それじゃあ、ますますわからなくなる。磯貝さんが困っているのもわかる。

「今までの話を踏まえてもらった上で訊くのですが」

磯貝さんが仁さんに向かって言った。

「署長のことは何も知らないとおっしゃっていましたが、署長と、文さんのお父さんである青河玄蕃さんが知人だったという事実は、どこかにありませんか」

仁さんが顔を顰めた。文さんを見たけど、もちろん文さんは覚えていない。

「少なくとも、あっしは知りやせんね。署長さんがお客様として来たことは一度もありませんし」

「記録にもないのですね？」

文さんが頷いた。

「戻ってきてからずっと過去の記録なども見ていますけれど、お客様の中に〈安東司〉という名前を見た覚えがありません。もちろん、また後で改めて確かめますけれど」

たぶん、ないんだ。文さんが言うんだから間違いない。

「署長さんはもちろん私どものことはご存知ですよね？」

「もちろんです。〈銀の鰊亭〉のことを知らない人などこの町にはいないでしょう。ですから面識はないにせよ、署長も青河玄蕃さんのことは町の著名人だと知ってはいます。それは間違いないのですが」

磯貝さんが、溜息をついた。

「それ以上のことは、わかりません。さりげなく翔子さんには確かめてみましたが、少なくとも翔子さんは、父親が青河さんの知人だという情報は持っていませんでした」

安東翔子さん。署長さんの娘さんで、磯貝さんの恋人。

「余計なことでしょうけれど」

　文さんだ。

「磯貝さんと、翔子さんはどのようにしてお知り合いに？」

　ちょっとだけ眼を大きくさせて、磯貝さんは恥ずかしそうな笑みを浮かべた。

「彼女は、安東翔子は、年齢は二十八歳。職場はフラワーショップ、花屋さんですね。〈マーガレット〉という店の店員です。あ、私はちなみに三十五歳です」

　磯貝さん三十五歳だったのか。もうちょっと若い感じに見える。

「何のしがらみもなく、知り合いました。事件関係者のお見舞いで花を買うときによくその花屋さんを利用していたのです。名札をしていて名字が同じだとは気づいていましたが、まさか署長の娘さんだとは思いませんでした」

　文さんも仁さんも、少し顔に笑みが浮かんでいた。物騒な話しかしていなかったから、赤の他人の恋バナだとしても何かちょっと嬉しくなってきた。

「向こうも気づいていなかったんですかい？」

　仁さんも訊いた。仁さん、これで結構話し上手で聞き上手なんだよね。

「警察官はたくさんいますからね。僕のことも知りませんでしたが、そこは警察官の娘さんですね。何となく匂いでわかっていたそうです」

「匂い」

苦笑した。

「翔子さんに言わせると、警察官を長く務めている人は皆同じ匂いがするそうです。自分の父親と同じ匂い。もちろんそれは比喩で何となく雰囲気を感じるんでしょうけど、カルダモンの匂いがすると言っていますね」

「カルダモン？」

それは確か。

「香辛料ですよね？」

「そうですよ。ハーブですね。植物です。花屋さんになろうという人はそういう匂いには敏感なんでしょうかね」

「自分の中にある警察官のイメージが、カルダモンの香りと結びついているんでしょうかね」

文さんがそう言ったら、そうですね、って頷いた。

「そういうことだと思います。それで、僕のこともたぶん警察官だとわかっていたそうです。ある日、たまたまなんですが、署長が何かの用事で店に立ち寄って翔子さんと話しているところに、僕も花を買いに寄ったんです。そこで、翔子さんを娘だと紹介してもらいました」

たまたま。

「刑事さんって、そんなによく花屋さんを利用するんですか？」

磯貝さんが微笑んだ。

「意外に思われるでしょうが、警察はよく花を買いに行きます。事件関係者が入院していることが多いからですね。病院に事情を訊きに行くときには必ず小さな花束を買っていきます。署によっても違うでしょうけどね」

この町の警察署ではそういう習慣が根付いているんだそうだ。

「それで、付き合い始めたんですね」

「何度か店で話をしてからですよ。いきなりデートに誘ったりしません。何せ署長の一人娘なんですからね。下手なことをしでかしてしまったら、黒いスーツを着た連中がやってきて闇から闇に葬り去られます」

皆で笑った。

「署長さんってやっぱりすごい権力を持っているんですか?」

「建前としては、権力などありません。警察は法律が全てです。たとえ署長がスピード違反をしたとしても切符を切ります。切りますが」

言葉を切って僕たちを見回した。

「ですよね」

皆で頷いた。

「会社の社長と同じです。社長が社食でお金を払わずにランチを食べても誰も文句を言わないでしょう。交通係が法の名の下に署長に違反切符を切ったとしても、その切符はどこか異次元に消えていくかもしれません」

　そりゃそうだ、って仁さんが頷いた。

「しかし、個人としては別です。僕は確かに署長の娘さんの恋人ですが、仕事に署長の威光は何も関与しません。仮にこの先結婚したとしても、僕がいきなり出世したりもしません。むしろ関係者ということで、どこか違う署に異動させられる場合もあります」

「あ、そうなんですか？」

「そうですよ。普通の会社でもそうでしょう。社長の娘の婚約者を傍に置いておいたら、いろいろと面倒になることもあるでしょうからね」

　大学生である僕にはさっぱり実感は湧かないけれど、まぁそんなこともあるんだろうなっていう想像はできる。

　そして、って磯貝さんは続けた。

「仮に署長のスピード違反の切符が異次元に消えることがあったとしても、人が死んでいる〈事件〉に署長が関与しているのならば、それが威光で迷宮入りするようなことがあってはなりません」

　柔らかくなっていた表情が、また引き締まった。刑事さんの顔つきになった。それこそ匂いが戻ったんじゃないか。

「何度も言いますがここの火事は既に〈事故〉として処理されています。しかし、そこに〈新事実〉が出てきたとしたら、私たち警察は動けます。それも、〈事故〉という認定を覆すような、大きな〈新事実〉が、です」

そう言った磯貝さんの表情の奥に、何かが見えたような気がした。

僕が気づいたくらいだから、きっと文さんは手に取るようにわかったと思う。人生経験の多い仁さんもわかったんじゃないか。

僕と文さんと仁さんは、〈関係者〉だ。僕はほとんどまったく関係のない関係者だけど、文さんと仁さんは火事の現場にいた人であり、直接の被害者でもあり、火事を〈事件〉とするなら容疑者になり得る最重要の参考人でもあるはずなんだ。

そういう人間に、文さんと仁さんに何もかも話してしまっているのは、まぁ僕のせいでもあるんだけど、手の内を晒してしまっているのは、磯貝さんがもうこれ以上は自分ではどうにも動けないからだ。

動けないから、誰かが動くのを、あるいは何かが動くのを待つしかない。そのために、何もかもこうして話している。磯貝さんは、最愛の婚約者の父親を、自分の上司を、警察署のトップである人間を逮捕しなきゃならない事態に陥るかもしれないのに、自分一人で何とかしようとしている。

刑事として、警察官として、罪を犯した人間を法の下で裁くために。職務を遂行しようとしている。

どんだけ苦しんでいるんだこの人は、って思ってしまった。僕なら耐えられないかもしれない。あっという間に胃に穴が開いて入院しちゃうんじゃないか。

仁さんが、大きく息を吐いた。

「私たちが協力できるのは、まずは盗聴器を探すことですかい」

そう言ったら、文さんが頷いた。

「そうね」

まずはそれが最優先ね、って。

「盗聴器は見つかり次第、すぐにお渡しします」

「よろしくお願いします」

「それから私と光くんで、家にある全ての書類関係をもう一度調べて、青河玄蕃と安東司の間に何か繋がりがあったかどうかを調べることかしら」

「そうだね」

それしか、ない。文さんの記憶が戻ればいちばんいいのかもしれないけど、どうすれば戻るかなんてお医者様でもわからない。

「関係性ということであれば、篠崎さんも小松さんも加原さんもだよね」

何故か身元不明の遺体があることを知っていた篠崎さん、盗聴器を仕掛けたかもしれない小松さん、そしてたぶんありもしない龍馬の手紙なんてのをでっちあげて祖父ちゃんの部屋を探そうとした加原さん。

この三人と祖父ちゃんはもちろん面識があったんだろうけど。

「どうして文さんが退院してここを再開した途端に会いに来て、何かを探ろうとしていたのかも調べてみなきゃ。小松さんが火事に関係していたとするなら、他の二人も関係していた可能性もあるよね。ひょっとしたら祖父ちゃんの部屋の書類とかに、何か関係することが書かれているかもしれない。調査は僕たちにしかできないよね」

「加原さんというのは？　どなたでしょうか」

磯貝さんが言った。そうだった。加原さんの話は一度も磯貝さんにしていなかった。

とりあえず、文さんを狙っているかもしれないって話と、たぶん嘘である坂本龍馬の手紙の話を教えた。

「親戚なんです」

「確かに唐突なお話ですね。一年半も放っておいて話しに来るとは」

「文お嬢さん目当ての嘘でしょうな」

仁さんだ。

「この中ではあっしがいちばんあの男に会っていますが、文お嬢さんを手に入れようと、そしてここを自分のものにしようというのが見え見えですぜ」

ふむ、って感じで磯貝さんが自分の顎に手を当てた。

「その龍馬の手紙、という変な嘘は何のためについたのか、というのが確かに大きな疑問ですね」

「そうですよね」

「文さんを手に入れるための嘘にしては、明らかにおかしい。それだけの実績がある経営者であるなら知恵は働いて当然でしょうが」

「父の部屋に入って何かを探したいのだろうな、とは思いましたが」

文さんが言うと、磯貝さんもそれですね、と指を振った。

「どうしても玄蕃さんの部屋に入って探し物をしたかったのでしょう。だから龍馬の手紙なんていう突拍子もないけれども、誰もが興味を持つような嘘をついた」

「でも、急いでいなかったんですよね」

「そこも、重要な点かもしれません。少なくとも一年以上待っても、そしてわざわざ来たにも拘らず、玄蕃さんの部屋を捜索しないで帰っていったということは」

「加原さんが探さないとわからないものが、そこにあるってことですよね」

「その通りですね」

仁さんが眉間に皺を寄せた。

「何ですかいそれは。加原様にしかわからないものが旦那さんの部屋にあるなんて思えないんですがね」

「何かの情報なんでしょう」

　磯貝さんが手のひらを広げた。

「手紙、と言ったからにはそれは書類のようなものなんでしょう。探すのなら同じようなものでなければ、不審がられますからね。手紙もしくは書類のようなもので、加原さんの目的に添ったものが玄蕃さんの部屋にあるんです。長い間放っておいても誰も気にしないけれども、加原さんの目的には重要なものが」

　そうなんだろうと思うけれども、それが一体何なのかさっぱりわからない。

　磯貝さんは、少し首を捻って考えた後に言った。

「ストレートに訊いてしまいますが、ここの経営状態はその実業家の加原さんが、商売としてものになると思うほど、手に入れたくなるような健全なものなんでしょうか？　それとも赤字なんでしょうか？」

「赤字です」

　ズバッと文さんが言った。

「経営が傾くほどではありませんが、綱渡りしているような状態がずっと続いています。そもそも〈銀の鰊亭〉は祖父の代から道楽と言われてきた商売です」

「すると」

磯貝さんが右手の人差し指を上げた。

「綱渡りは綱渡りでも、その綱をピンと張っておける資産があるということですね？　不動産ですか？」

「その通りです。ご存知でしたか？」

文さんが訊くと、首を横に振った。

「知りません。火事の件でここの経営状態までは調べませんでしたからね。ただ、うちのベテラン刑事が言っていました。不動産を多く所有しているからやっていけてるはずだ、と。その刑事は主に経済犯罪を扱う人間でしてね。この町のその辺のことはよく知っているんです」

「捜査第二課ってやつですか」

思わず訊いてしまったら、笑った。

「まぁそうですね。僕たちのような地方の署ではその辺の区分けはあってないような部分も多いんだけど」

「そうなんですね」

「大会社と中小企業ですよ。大会社は区分けをきっちりしないと混乱しますが、小さなところは一人で何役もやらないと仕事が回りません」

確かにそうか。

「それはともかく、その加原さんが探しているのはその辺りの書類でしょうか」

「土地の権利証とか、契約書ですか？」

文さんが少し驚いた。

「そういうものは、確かにいくつかはありますけれど、仮に持ち出したとしてもどうにもなりませんよね？」

「推測に過ぎませんが、おそらくこちらが所有している不動産の契約などはかなり大昔にされたものでしょう」

「そうですね」

文さんが頷いた。確か明治か大正時代らしいとか母さんは言っていたよね。

「だとしたら、古い法律や契約書の不備などの抜け道を加原さんは知っているのかもしれません」

「それを確かめるために、ですか」

「その可能性もありますが、いずれにしても玄蕃さんの部屋に入れなければ目的は果たせないはずですね。文さんが加原さんを恋人にしない限りは」

「間違いなく、未来永劫あり得ませんね」

真面目な顔をして、キッパリと文さんは言った。

「そこは、あっしが調べやしょう」

仁さんだ。

「文お嬢さんよりもあっしの方が親戚関係には詳しいですからね。今は」

第五章 叔母の〈青河 文〉

盗聴器があった。

門馬電設さんが黙って指でつまんで高く掲げたそれを、僕も文さんも仁さんも、そして家の撮影をしに来ていた宮島先生も並んでじっと見つめてしまった。

宮島先生はあの後、事情を全部磯貝さんから聞いたけど、もちろんどこにも漏らしませんからご心配なく、って言っていた。

発見時刻は月曜日の午前十一時。調べ始めてから一時間で見つけてしまった。

いや、宮島先生が見つけていたんだからあるのはわかっていたんだけど、実際に眼にすると何だかものすごく興奮じゃなくて、緊張してしまった。

本物の、盗聴器なんだ。生まれて初めて本物を見た。

門馬電設の元社長の門馬さんはもう七十過ぎのおじいちゃんで、現場はもう引退しているんだけどずっとうちの電気関係をやってくれていたそうだ。やっていたって言っても電気工事がそんなに頻繁にあるわけじゃないけれど、祖父ちゃんのこともももちろんよく知っていた。

なので、盗聴器を探しているので絶対に内緒で、口の堅い人だけで来てくれないかって正直にお願いしたら、今は実際に社長をやっている息子さんと二人だけで来てくれた。自分たちだけなら絶対にどこにも知られないからって。

息子さんの門馬敏哉（としや）さんはたぶん四十代か五十代の人で、何故か思いっきりリーゼント風の髪形でロックンローラーか！　って思ってしまったけれど、ものすごく優しい笑顔の人だった。秘密は守りますから安心してください、って真面目な顔をして言って、徹底的に捜索してくれて、その結果見つかったのは二個。

やっぱり宮島先生が指摘したところだった。それはもちろん言わなかったけれど、大体この辺にあるはずだって話はした。

「あ、もう聞こえてないから話をしても大丈夫だよ。たぶんどっちも普通に売られていて簡単に手に入れられるものだね」

手袋をしてそっと盗聴器を一個ずつ小さなビニール袋に入れて、ロックンローラーの方の門馬さんは言った。

「やっぱり、わかりますか」

文さんが訊くと、頷いた。

「仕事柄ね。滅多にないけど探してくれと頼まれることもあったし、何故か見つけてしまうこともあるよ」

「そうなんですか」

肩を竦めてみせた。

「そんなつもりはないんだけど、普通の家のコンセント周りの工事をしていて見つけてしまうことが何度かね」

なので、普通に出回っているものに関してはチェックしているし、一応専門家だから作ろうと思えば簡単に作ることもできるって。

そうか、電器屋さんなら作れるのかって思ってしまった。

息子さんの方の門馬さんは盗聴器の入ったビニール袋を僕に手渡して、言った。

「これはアナログ式なんでね。電波の届く距離は限られる。だから実際に盗聴するためには車かなんかでこの家の周りに来なきゃならないね」

「どれぐらいの範囲なんですか？」

「まぁそっちの専門家じゃないからね。確かなことはわかんないけれど、せいぜい百メートルって聞くけどね。いろんな条件に左右されるだろうけど、ここなら木造建築だし、周りに何にもないから案外遠くまで届くかもしれないね」

その通り、って感じで宮島先生も頷いていた。

百メートルなら結構なものだと思う。車で来て途中で停まっていれば、ここからも見られないで盗聴することはできる。

門馬さん親子は、せっかく来たんだからって、あちこちの電気関係のものを点検してくれた。点検はしたけれども、どこもおかしなところはないって言っていた。祖父ちゃんがちゃんとやっていたからだって門馬さんは感心していたんだ。

帰り際に、お父さんの方、おじいちゃんの門馬さんが文さんに向かって言った。

「もちろん、盗聴器があったことはどこにも漏らしませんから安心してください」

「お願いします」

頭を下げた文さんに、門馬さんは、ちょっとだけ悲しそうな表情を見せた。

「お嬢さん」

「はい」

「葬儀のときにはお会いできませんでしたので、今更ですが、お父様とお母様のことは、残念でした。お悔やみ申し上げます」

「ありがとうございます」

「それでですね、お嬢さん。これは、まったく余計なことだし本当に今更とは思うんですがね」

何か、門馬さんは悔しそうな顔をした。

「漏電が火事の原因って話ですがね」

「ええ、そうです」

それは普通に記事にもなっているから、読んだ人は知ってる情報だ。門馬さんは唇を歪めた。

「あ、別に門馬電設さんの責任とかは、何もございませんよ。火事のあった〈月舟屋〉はそもそも門馬電設さんが入っていたわけではないですし」

「いや、それはそうなんですがね」

その話は葬儀のときにも母さん、つまりもう一人のこの家のお嬢さんともしたって言って、門馬さんは続けた。

「ご存知でしょうが、青河さんは家のことは何でも自分でやられていたんですよ。簡単な配線なんかも全部やってました。それも見事な腕前でね。私たちのところにもいろいろ資材や工具を買いに来たりしてましてね」

たぶん、祖父ちゃんは職人さんや工務店泣かせだったと思う。全部自分でやっちゃって依頼がほとんど来なかったんだろうから。

「あの火事の起こる少し前にも、いろいろ買いに来ていたんですよ。電力ケーブルとかですね。そうやってメンテナンスをきちんとしていた人なのに、それがネズミに齧られて漏電で火事ってのがね。本当にどうにも悔しく思いましてね」

門馬さんが溜息をついた。

「私も、もっときちんと旦那さんとお付き合いできていればなぁとね。こんなことにはならんかったのかなぁと後悔してしまってね。葬儀のときにはこんな話はできませんでしたので」

本当にすまなそうだった。

「いえそんな。こちらこそ、そんなふうにお心を煩わせてしまっていたみたいで申し訳ありません」

文さんが頭を下げた。また何かありましたら遠慮なくってお互いに頭を下げ合って、門馬さんは帰っていった。こういうのが何ていうのか、大人の世界というか、付き合いだよなぁって思っていた。思っていたんだけど。

「それじゃあ、それは僕が」

宮島先生が僕の持っていたビニール袋に向かって手を出したので、頷いて渡した。磯貝さんから宮島先生に渡すように言われていたんだ。

「間違いなく、今日中にあいつに渡しますので」

「よろしくお願いします」

文さんが言って頭を下げた。

「磯貝さんが自分で指紋を調べるんでしょうか」

磯貝さんは自分一人で動いているんだから、警察の内部で処理することはできないはずだと思って訊いたら、宮島先生が頷いた。

「やるだろうね。指紋検出は簡単にできるよ。それこそ僕でもね」

「できるんですか」

「材料さえあれば。やったこともある」

あるのか。

「ただ、検出はできてもそれが誰の指紋かを照合するのはね。さすがにデータベースにアクセスしないとならないわけだから」

「ですよね」

「その辺は、うまくやるんだろう」

宮島先生はニヤッと笑った。

「あいつは、いい刑事だよ。信頼して大丈夫」

「そうですね」

それはもうわかってるつもりだ。磯貝さんは、真っ当な刑事さんだ。もちろん、人としても。

「それはいいんだけどね、えーと、文さん」

「はい」

きっと宮島先生は初めて〈文さん〉って呼んだような気がする。今までずっと僕としか会話をしていなかったから。文さんも、あら何でしょうって表情をした。

「先ほどの、電気工事の、門馬電設さんでしたか。ちょっと気になる話をしていたのに、気づきましたか？」

「あ、僕もそう思いました」

思わず言ったら、文さんも小さく頷いた。仁さんは顔を顰めていた。

「〈火事の起こる少し前にも、いろいろ買いに来ていた〉と言っていましたね。そこのことでしょう？」

「そうです」

宮島さんも頷いた。

「磯貝からあらましは聞きましたが、やはり火事の原因が漏電というのは気になりますよね。僕も今日ずっと撮影させていただきましたが、本当に素晴らしい建物です。どこにも隙がない。光くんには言いましたが、これで結構建築物に関しては詳しいんで、何となくわかるんですよ。気配みたいなものが」

「おかしな改装や、そぐわないことをしていると撮影しているだけでわかるそうです、宮島先生は」

フォローしたら、ほう、って感じで仁さんが少し口を開けた。

「そうなんですよ。へたくそな工事や手抜き工事なんかしていると、ここは怪しいなってのが何となく摑めるようになりました。門馬電設さんもチェックして言ってましたよね。どこにもおかしなところはないって」

「そうですね」

皆で頷いて、少し黙ってしまった。そんな祖父ちゃんが、火事の前に門馬電設さんに資材を買いに行っていた。それなのに、漏電で火事が起きた。

「消防がきちんと調べてはいるんでしょうし、磯貝もそこは信頼していると言っていました。けれども、ひょっとしたら、と疑問が浮かぶ部分でもありますね」

「そうですね」

疑問は、浮かぶ。でも、もう確かめようがないところなんだ。火事で焼けてしまったんだから、たとえ祖父ちゃんが何かしていたとしても、僕たちにはそれを確認する術はない。

宮島先生が、すみません、って続けた。

「部外者なのに余計なことを言いました。僕の仕事はたぶんこれを磯貝に届けたところで終わりでしょうけど、また今度はここの写真を整理した後で、個人的にお伺いしていいですか？　何枚かプリントアウトしてお持ちしたいとも思っているんですが」

「もちろんです。ぜひお願いします。あ、先生、お昼をご一緒にどうですか？」

文さんが言うと、宮島先生はいえいえ、って手を振って笑った。

「ありがたいですけど、ここの料理をいただくのは、自腹で食べられるようになってからと決めているので」

ランチなら全然食べられると思うんだけどね。でもきっと夜の懐石を特別な雰囲気で食べたいんだろうな。

それじゃまた、と宮島准教授も帰っていった。背中を見送った後、文さんが言う。

「磯貝さんには連絡した?」

「あ、今LINEしておく」

いつでもすぐにLINEしてほしいって磯貝さんも言っていた。今は二つも事件を抱えていてかなり大変らしいんだけど。

【盗聴器、二つ見つかりました。門馬電設さんの話ではどこでも売ってるものとか。今、宮島さんが持って出ました】

すぐに既読になって返事が来た。

【わかりました。今日明日というわけにはいきませんが早急に調べます。連絡を待っていてください】

「すぐには無理だけど、調べて連絡するって」

文さんも仁さんも頷いていた。

「今日のところは、ここまでですね」

仁さんが言う。今日と明日は休みにしちゃったので、夜の営業もないから仕込みもない。

通いの岩村さんは厨房の掃除をしてお昼の賄いを食べたら帰るし、仲居の岡島さんと岸さんも、あちこちの掃除をして終わったら帰る。

「私は、仕込みもありませんので、昼から少し出てきやす」

「調べてくるの？」

仁さんが渋い顔をして、こくん、って頷いた。

「加原さんのところの商売の最近の状況をね、確認してきやす。あいつがどうして今頃になって龍馬の手紙なんておかしなことを言い出したのか。きっと自分の商売と関係があると思うんです」

確かにね、って顔をして文さんも頷いた。

「誰か、わかる人がいるの？」

「蛇(じゃ)の道は蛇(へび)です。私も古株の料理人ですからね。商工会やそこらにも知り合いは多いですし、田所(たどころ)さんなんかは加原さんと近いはずですよ」

「田所さんって？　親戚？」

訊いたら、そうです、って頷いた。

「商工会の元理事ですよ。加原さんと同じで遠いですがね。親戚には違いないです。加原さんと違うのは田所さんは信用できる男ってところですよ」

「葬儀にも来ていたわよね？」

「もちろん、来ていました。私とそう変わらない年齢になったはずです。まずはその辺りから加原さんのことを調べてみます」

「お願いね」

僕と文さんは、ずっとやっているけど、書類と格闘だ。安東司さん、署長さんが〈銀の鰊亭〉に来ていたことはないか、あるいは祖父ちゃんと知り合いだったことを示すものはないか。そして、加原さんがどんな書類を狙っているのか。

それをずっと調べている。

☆

何の進展もないまま、その日は夜になってしまった。仁さんも今日のところは何も情報は入ってこなかったって。ただ、親戚の田所さんは加原さんのところの経営状態を、それとなく調べてくれるって言っていたそうだ。

磯貝さんからはＬＩＮＥで宮島先生から盗聴器を確かに受け取ったって連絡が入っただけ。その宮島先生からもＬＩＮＥが入っていて、家を撮影しているときにスナップとして撮った僕と文さんと仁さんの写真が送られてきた。

さすが、素人には絶対に撮れない、いい写真。今度来るときにプリントアウトして持ってきてくれるって。

晩ご飯を仁さんと文さんと三人で食べて、お風呂に入って。また書類整理をしようかって思ったけど、そればっかりやっていても疲れるから、夜は休憩しましょうって文さんが言っていた。

十時過ぎだ。廊下を歩く音がして、僕の部屋の襖のところに文さんが立ったのがわかった。

「光くん、ちょっといいかしら」

「どうぞー」

襖が開いて、いつものようにきちんと膝をつきながら襖を開けて入ってくる文さん。もう慣れたけれど、普通に開けてもいいのになといつも思う。入ってきて、椅子に座った。

「少し話を聞いてくれる？」

「うん」

もちろん火事に関する話だと思ったけど。

「ずっと二人でお店の帳簿や領収書や、そういう書類を調べたわよね？」

「うん」

調べました。なんかもう指がカサカサになるぐらいに。

「でも、あの署長さん、安東司さんがお店にいらしていたことを示すものは、なかったわよね」

「なかったね」

領収書とか、予約のメモとか、そういうものの中に安東司さんの名前はまったくなかった。ついでに警察署の名前もなかった。警察関係の人は、ここを利用していなかったのかもしれない。高いからね。こんな贅沢(ぜいたく)を署のお金でしていたら、たぶん怒られるんじゃないかと思う。文さんは、難しい顔をした。

「まったくの印象でしかないんだけどね」

「うん」

「町の名士であった青河玄蕃と、同じく名士であるはずの警察署の署長さんが一度も会ったことないってことが、あるかしら?」

文さんが、僕を真っ直ぐに見た。

「そう言われれば」

確かに。

「むしろ会ったことないって言われた方が、意外、って思うよね」

「そうなのよ」

文さんが首を傾げた。

「記憶が戻ればなんてことないんだろうけど、どうしても気になってきちゃってね。調べたら署長さんは署長になってもう五年も経つのよ」

「五年か」

「それ以前にも、ここの警察にいた叩き上げの方らしいのね。そういう人と、一度も会っていないっていうのは、その痕跡を消したってことも考えられるかしら」

「消した?!」

びっくりしたら、文さんは軽く手を振った。

「可能性の話よ。書類なんか捨ててしまえばそれで何も残らないんだから。仮にお父さんと署長さんが二人きりでここでしか会っていないとしたら、それを誰も知らないとしたら、何も残らないのもあたりまえかなぁって」

それは、確かに。

「でも、消したって誰が」

「それは、もちろん、青河玄蕃かしらね」

祖父ちゃん。

「二人には何かしらの関係があって、それを消さなきゃならなかったと考えると、署長さんがここに来たことを示す書類が一切ないのも頷けるかなぁって」

頷けるけれども。

「もちろん、本当に一度も会っていなくて知り合いでもなかった可能性もあるんでしょうけどね。それからね、お父さんとお母さん、そして身元不明の二人のことなんだけれどね」

「うん」

文さんの眼が細くなった。

「こっちは、知り合いの可能性は高いわよね。まったくの赤の他人だとしても、四人は知り合いだった」

何を言い出すのかと思ったけど、頷いた。

「もちろん、そうだよね」

まったく会ったことのない他人を、食事に来たお客さんでもない人をいきなり〈月舟屋〉には上げないと思う。ここには部屋がたくさんあるんだ。応接室とかで済ませてもいいはず。

「それに、私にも仁さんにも誰にも言わないで会っていたのよね。そこは、たぶん、でしかないんだけど」

「文さんの記憶がないから、たぶん、だね」

「そうなの」

ひょっとしたら文さんは、祖父ちゃんと祖母ちゃんが〈月舟屋〉で誰と会っているか知っていたかもしれないんだ。そこはもう今は確かめようがないから、考えてもしょうがない。

「それにしたって、仁さんも何も知らなかったのよね。つまり、身元不明の二人は仁さんには言えない人たち、もしくは教えない方がいい、とお父さんが判断した人たちだったってことになるでしょう？」

少し考えてから、頷いた。確かにそういうことになるか。

「何か、知られては拙いことがあったのよ。仁さんには二人の訪問を知られたくなかったのねきっと。そうじゃなきゃ内緒にする意味がないわよね？」

「うん」

そういうことだ。

「そして、仁さんに隠していたってことは、私にも隠していたってことになる可能性の方が高いと思うの。そう思わない？」

「思う」

祖父ちゃんと祖母ちゃんは、いや青河玄蕃と青河晴代は、実の娘にも、そして何十年も店に尽くしてくれている古参の従業員にも内緒で〈誰か〉と会っていた。

「誰にも内緒にしていたのは、たぶん間違いないと思うよ。知られないように二人で会っていたんだ」

「そこなのよ」

文さんがピースを僕に向かってしたけど、それは二人、って意味だとすぐにわかった。

「お父さんと、そして、お母さんも一緒だったってこと。夫婦で会っていたってところ」

「祖母ちゃんと一緒？」

そう、って文さんはゆっくりと頷いた。

「二人の身元不明者に、お父さん、青河玄蕃だけが会っていたのなら、それは青河玄蕃が誰にも言えなかった秘密の隠したい過去を知っている人物とか、あるいは帳簿にも書けない経営に関する何か秘密めいた会談だったのかもしれない。そういう可能性はあるでしょう？仁さんにも私にも秘密にするってことは」

「確かに」

その通りだ。

男には長く生きていれば誰にも言えない秘密のひとつや二つはあるってよく言うし、まだ僕にはないけれど、祖父ちゃんにあったとしても全然不思議じゃない。

「けれども、お母さん、青河晴代もいた。夫婦で会っていたのよね。そして身元不明の遺体も男女ってことは？」

ことは？

「男女ってことは、身元不明の遺体も夫婦、って考えるのが自然だってことが言いたいの？」

そうなのよね、って文さんが頷いた。

「夫婦同士で会っていたって考えるのが、いちばんしっくり来るような気がするわよね。誰でもそう考えると思う。そうなると、遺体の推定年齢からしても古くからの友人か知人ということになるんだけれど」

「普通の友人や知人なら、文さんや仁さんに隠す必要はまったくないよね」

その通り、って文さんが頷く。

「隠さなきゃならないのは、誰にも知られたくない友人や知人よね。たとえば、たとえばよ？　仮に、加原さんが私の昔の男でそいつが突然訪ねてきたら、私はそんなこと誰にも知られたくないからどっかの別邸で会うかもしれないわね」

確かにね、って頷いてしまった。

「想像したくないけどね」

「私もよ。ぞっとしちゃう」

「でも、それがあたりまえか」

会いたくない知人の夫婦が訪ねてきたので、誰にも知られないように別邸の〈月舟屋〉で会っていた。

「でもね、光くん」

「うん」

「本当に会いたくないなら、来るな、って言うわよね。黙って突然来てしまったのなら、追い返すわよね」

「そうだね」

祖父ちゃんは、全然弱い人じゃない。僕には優しい祖父ちゃんだったけど、それなりに押しが強い人だったみたいだ。

だから、よほどのことがない限りそういう連中は追い返すと思う。

「それに本当にヤバい連中なら警察にでも通報すればいいことだよね」

「そうなの」

文さんは、そうなのよ、って同じ言葉を繰り返した。

「それなのに、四人は別邸で会っていた。誰にも知られたくないけれども、追い返すわけにもいかない夫婦が訪ねてきていた」

でも、そうなると。

「ひょっとしたら夫婦じゃないかもしれないよね二人は。女性の方は男性のお妾さんとかさ」

「どうして？」

「だって、きちんと所帯を持っているんだったら、ちゃんとした社会生活を営んでいるはずなんだ。そういう夫婦が二人同時に行方不明になったのなら、周りが気づくし何らかの事件に巻き込まれたかもって騒ぎになるはず。ひょっとしたら子供だっていたかもしれない」

「まぁ、そうね」

「でもいまだに身元不明ってことは、両方ともちゃんとした社会生活を営んでいない、つまりちゃんとした夫婦じゃない確率の方が高いと思わない？　日本では行方不明者がめっちゃたくさんいるって話があるけれど、二人とも家族の縁が薄くて、仕事とかもそんなにしていなくて、いなくなっても誰も捜しもしないような人同士が一緒になっていたってことかなって」

文さんが顔を顰めた。

「そういう人種であれば、ちゃんとした人だったうちの親を脅すような真似をしてもおかしくはないわね」

「だよね」

お妾さんと一緒だった男。

「どういう理由だと考えるのがしっくり来るかしら。そんな二人を〈月舟屋〉にわざわざ迎えた理由」

しっくり来る理由は。

ひとつしか思いつかなかった。

「祖父ちゃんと祖母ちゃんは、身元不明の男女に〈脅されて〉いた？」

文さんが、にいっ、って笑った。

「そうなるわよね。青河夫妻は、謎の男女に、何らかの弱みを握られていた。私や仁さんにはもちろん、警察にも相談できない類いのものを」

脅し、脅迫、強請たかり。

それは、何だ、って話になるのか。

「何か、犯罪でもやっていたのかな。祖父ちゃんと祖母ちゃんは」

「人殺しとか？」

文さんがさらっと言う。わかってる。文さんの中では祖父ちゃん祖母ちゃんは、自分の父母は、父母とは全然思えないんだ。感情が伴わないんだ。赤の他人を父母だと理解しただけみたいなんだ。

だから、さらっと怖いことも言える。

「まぁ確かに人を殺していたら、それを隠すためにさらに人殺しを重ねるかもね」

「私たちはやったことないからわからないけれども」

「わかりたくないよ」

「でも、光くん。少なくとも光くんの祖父母はそんな人じゃないでしょ？」

「違うよ」

全然違う。

でも。

「僕にとっては違うけど、この世でいちばん怖いのは人間だって言うしね。どんなことが起こったかは何とも言えないけど」

「そうね。でも、私も第三者の眼で見ると、そんな人じゃないと思うし、そもそも人殺しを隠すために自分たちまで死ぬような人ではないと思うのよね。むしろ、完全犯罪を目指そうとするんじゃないかしらと」

「完全犯罪」

つまり。

「火事で自分も死のうじゃなくて、別の方法で相手を殺してそして死体も残さないような？」

「そうよ」

これもさらっと言う。

「だって、せっかく誰にも言わずにこっそり〈月舟屋〉で会っていたのよ。そのまま殺しちゃって、敷地内のどこかに埋めれば誰にも見つからないわ。もしもここに来ることを誰にも知られないようにと言い含めて会っていたのなら、ここには埋めるところはそれこそ山のようにあるわよ」

「確かにそうだね」

その方がゼッタイにいい。いやいいってわけじゃなくて、そんなことしてはダメなんだけど。

「自分たちも死ぬ必要はないわけだよね」

「他に理由がなければね」

「他の理由って」

「自分たちも死ななきゃならない理由。どんなものなのかは想像つかないのだけれど」

僕にもわからない。どんな理由なんだ。

第六章

板前の〈二瓶 仁〉

講義中なんだけど、普通の生活っていうのを何だかぼんやりと考えていたんだ。

普通の人、普通の生活、日常の暮らし。

僕は普通の男の子だと思っていた。もう子じゃないか。大学生なんだから青年なのか。少なくとも少年じゃないよな。

幼稚園、小学校、中学校、そして高校に上がっても、自分の周りで大きな事件なんかひとつも起こらなかった。まぁまだ高校生のときに起こった祖父ちゃんの家での火事がいちばん大きな事件ということになっちゃったんだけど。

親戚の誰かが犯罪者になったこともたぶんないし、両親が離婚とかあるいはＤＶとか変態とか、あるいは僕が学校でイジメにあったとか、もしくはイジメで教室が荒れたとかそんなこともなかった。中学校のときにちょっとイジメっぽいものがあったみたいだけど、それは単純に仲の悪い奴ら同士でケンカになったとか、その程度で大きな問題にはならなかったみたいだ。

つまり、本当に普通に過ごしていたんだ。

死にたいほど悩んだとか、大きな事故や病気で死にそうになったこともない。

この先、大学を卒業して就職したらいろいろあるんだろうか。鬱になったりして死にたくなるような出来事が起こるんだろうか。起こるとしたら、それはどんなことなんだろうかって。

小説はよく読むから、そこからいろんなことは想像できる。ミステリも大好きだから、いろんな犯罪の方法を考えろと言われればきっとたくさん思いつくと思う。

でも、現実で、普通の暮らしをしていて、死ななきゃならないような出来事ってどんなものなんだろう。

昨日の夜、文さんが言っていたこと。

もしも、祖父ちゃんが火事を計画して引き起こしたとしたら、あの場にいた四人全員を巻き込んだ計画自殺もしくは計画殺人だとしたら、それは一体どんな理由によるものなのか？

もしも僕が何かの犯罪、たとえば誰かを殺したとしたら。

それを隠して生きているとしたら。ゼッタイに誰にも知られたくないと思っていたら、その殺人を知った誰かを殺すだろうか？　罪を重ねるだろうか？

一人殺すも二人殺すも同じだって思うだろうか？

（まぁ、そう考えるのは理解はできるけれど）

理解はできるけれども、僕にはできそうもない。たぶん普通の神経の人にはできないとは思うんだけど、そもそも殺人を犯してそれを隠して生きている人は、もう普通の神経の人ではないだろうから、できるのかもしれない。

(材料は、揃っている気がするんだ)

もしもこれがミステリなら、推理小説なら、もうきっとほとんどの、いやある程度の推理する材料は揃っているんだ。そんな気がするだけなんだけど。

最も重要な材料が、要素がないからさっぱりわからないだけで、推測することは、つまりこれがいちばん正しい答えなんじゃないかってものを導くことは、できるような気がするんだ。あくまでも仮定の話になっちゃうんだけど。

黒板の前では講師の佐藤先生が喋って板書しているけれど、何も聞こえてこないし頭に入ってこない。ずっと考えてる。

文さんの言うように、火事のタイミングがあまりにも良過ぎるんだ。

誰かもわからない男女、たぶん夫婦っぽい人たちが訪れたその夜に、今まで一度も起こったことのない漏電による火事が、しかも今まで出たという記録もないネズミの齧った痕からしっこで漏電が起こってしまって、祖父ちゃんも祖母ちゃんも男女も一緒に死んでしまった。

凄いタイミングなんだ。

それは、誰かが計画した放火による自殺か殺人だって考えるのがいちばんしっくり来る。

男性にあった刺し傷だってたぶんその方向性を指し示している。事故ではなくて事件だって。それなのに、事故として処理されたのも、〈誰かが計画した〉って考えた方が自然だ。どういう関係かわからないけれど、警察署の署長さんが絡んでいるなら充分に可能な計画だ。

その中心にいるのは、たぶん祖父ちゃんだ。

青河玄蕃だ。

祖父ちゃんは、何かのために、自分の愛する妻である僕の祖母ちゃんをも巻き添えにして謎の男女も一緒に殺した。

もしくは四人の合意の上で自殺した。事故による火事という誰の目にも不運としか見えない手段を使って、つまり何かを闇に葬り去るために。

(うん?)

ちょっと待て。

何かが、カチッと頭のどこかに引っ掛かった。

(何だ?)

何が引っ掛かった?

(巻き添え?)

祖父ちゃんは、祖母ちゃんを巻き添えにしたのか?

いや合意の上なら、巻き添えという表現は当たらないかもしれないけれども。もしも、合意の上での自殺ではなく計画殺人だとしたら？　そもそも刺し傷という殺人の方向性を示す材料もあるんだ。

祖父ちゃんは謎の男女を殺そうとした。そして自分も死のうとした。一緒に祖母ちゃんも道連れに、巻き添えにした？

（そんなことをするか？）

何十年も一緒にいた、そういうのを何だっけ、そうだ、連れ添った夫婦だぞ？

いや、もちろん、長年連れ添った夫婦だろうと二人の間で殺し合いが起こったりするのは知ってる。小説の中だけじゃなくて、現実のニュースでもそういう事件はしょっちゅう起こっている。

だから、祖父ちゃんが祖母ちゃんを巻き添えにしたとしてもおかしくはない。

もしも祖父ちゃんが自殺だとしたら、祖母ちゃんも一緒に？　それは心中っていうものだ。

でも、そもそも心中っていうのは、報われないとか結ばれないとかそういう若い二人がするものだ。たぶん。

祖父ちゃん祖母ちゃんが一緒に自殺したからって心中とは言わないか。いや言うのか？

（それはどうでもいいけど）

祖父ちゃんは、自分の都合で愛する祖母ちゃんを死なせるような人だったのか？

祖父ちゃんが「死のう」と言って祖母ちゃんもそれに同意した？

そういうことなのか。祖父ちゃんが死ぬんだから祖母ちゃんも生きていてもしょうがないって思ったのか。

少なくとも無理やりってことはないと思う。

うん、それはない。

火事を起こすことができたのは、間違いなく祖父ちゃんだ。祖母ちゃんじゃない。だから、祖父ちゃんが主導したのは間違いないんだ。

(でも、ひょっとしたら)

祖母ちゃんにも、死ぬ理由があったんじゃないか?

(祖母ちゃんの死ぬ理由)

祖父ちゃんと祖母ちゃん、二人共に死ぬ理由があった。

そう考えるのが自然なのか?

その理由が、謎の男女なのか?

(金銭的なものじゃないよな)

金なら、祖父ちゃんは作れるはずだ。屋敷を売れば、不動産を売ればきっと何千万にもなるはずだから、大抵の借金は何とかなるだろう。だから、そんなもので祖父ちゃんと祖母ちゃんは死んだりしないと思う。まぁ先祖代々の屋敷や財産を失うなんていうそんな屈辱を味わうぐらいだったら死ぬ、って思ったのかもしれないけれど、たぶん違う。

金以外の理由なんだ。

そして、ひょっとしたら篠崎さんや小松さんや加原さんをも巻き込んでいるかもしれない〈死ぬ理由〉なんだ。

とんでもない理由のはずだ。

それは、何だろう。

（それに）

もしも小松さんの死が事故死ではなく殺人だとしたなら、何かのセリフじゃないけど、まだ事件は現場で起こっているんだ。祖父ちゃんが死んだ後も。つまり、誰かが祖父ちゃんの遺志を引き継いでいるかもしれないんだ。

（誰だ？）

祖父ちゃんの遺志を引き継げる人間なんて、それこそ限られてくるんじゃないか。

（あ）

ＬＩＮＥだ。磯貝さんから。

【学校が終わったら、会えますか】

会えるとも。

【大丈夫です】

【何時頃に大学を出ますか。前と同じで車で正門前で待ってます】

二人で会うのか。家に来るんじゃないのか。

【今日は五時半には出られます】

【では、それぐらいに】

☆

最初に会ったときと同じ美術館の駐車場で話しましょう、って磯貝さんは車を走らせた。いいですよ、って言ったけどどうしてまたこっそりなのか。こっそり話すなら、このまま家まで行ってもいいんだけど忙しいんだろうか。

「コンビニでコーヒーを買ってきました」

駐車場の端っこに車を停めると磯貝さんが紙袋を開けた。

「ブラックでいいですよね?」

「あ、大丈夫です」

最近コーヒーの美味しさがわかるようになってきた。砂糖を入れなくても美味しいんだってことが。

「刑事さんは安月給だって小説なんかでは読みますけど」

コーヒーを買うぐらいのお金は僕もあるので訊いてみたら苦笑いされた。

「イメージほど安月給ってわけでもないですよ。公務員ですしね」

「ですよね」

「まぁ労働時間に見合った給料かと考えると確かに疑問ではありますが、金持ちになろうと思って仕事をしているわけじゃないですからね」

そうだと思う。そうあってほしいと思う。

コーヒーを一口飲んで、それから失礼、って言って磯貝さんは窓を少し開けて、煙草に火を点けた。

煙が吸い込まれるように少し開けた窓から外へ流れていく。

「桑本と会いました」

会った。

「盗聴器のことを確認したってことですか？」

そうです、と、磯貝さんは頷いた。

「指紋はあったんですか。盗聴器に桑本さんの」

磯貝さんは、ニヤッ、と笑った。そのニヤッ、が何を意味しているのかは訊かないでおこうとすぐに思ったんだけど。

「何もないものをある、なんてことにはしていませんよ」

「そうなんですか？」

「仮にも刑事です。そして向こうは元は警察官です。そんなことをして後から問題になって首になるのは嫌ですからね」

　そりゃそうだ。

「じゃあ、どういうふうに確認したんですか」

　磯貝さんは肩を竦めた。外国人みたいなそんな仕草が磯貝さんにはとてもよく似合うんだ。

「都合が良かった、と言うとかなりひどい言い方になってしまいますが、小松医師が亡くなったから、素直に答えたってことですね」

「亡くなったから？」

「元警察官ですからね。事故として処理されたとはいえ、死亡時の状況を話せばそれが疑問符付きのものだとすぐに理解できます。そして、桑本が小松医師に雇われていた事実は既に会社の方に確認しましたので、否定できません」

　それは、つまり。

「桑本さんは自分が小松さんの死に関わっていると疑われてしまうかもしれない状況だったので、盗聴器に指紋があろうがなかろうが素直に全部話したってことですね」

「そういうことです」

　何もないわけではなかったってことか。磯貝さんは顔を顰めた。

「確かに桑本は小松医師にボディガードとして、同時に調査員として雇われました。盗聴器を仕掛けたことも認めました。まず、ボディガードの方なんですが、何故雇われたかというと、小松医師が脅迫を受けたからだそうです」

「脅迫？」

「手紙が届いていたそうです」

脅迫状か。

「文面は、〈沈黙しろ。さもなくば〉と書いてあったそうです」

「沈黙しろ」

まさしく脅迫状だ。

「え、それ全文ですか？　脅迫状の内容の」

あまりにも短いけれど。

「全文だそうです。この期に及んで桑本も嘘はつかないでしょうから、間違いないでしょうね」

「〈さもなくば〉の後には〈殺す〉とかなかったんですね？」

そのようですね、って磯貝さんは頷いた。

「現物は小松医師のところにあるらしく、まだ確認できていません。何せこれは正式な捜査ではないもので、軽々しく動けないんですよ。でも桑本が脅迫状の現物を見ていましたし、短い文章でしたから覚えていました。一言一句間違いないそうです」

〈沈黙しろ。さもなくば〉

「何で、そんな中途半端な文章なんでしょうかね」

「まぁそれは脅迫状を書いた本人に訊くしかありませんけれど、それだけで充分だと考えたんでしょうかね。直截(ちょくせつ)な表現を使わなくても。あるいはあまりにも直截な表現を使って警察に持っていかれるのを避けようとしたのか」

そういうことなのか。

でも、それって。

「〈沈黙しろ〉ってことは、小松さんは何かを知っていたってことになりますよね」

「その通りです」

磯貝さんは指に挟んだ煙草を軽く動かした。

「何かを、我々がまったく知らない何らかの事実を、小松医師と脅迫者は共有していたんです」

事実。

僕たちの知らない。そのために脅迫を受けたってことか。

「それが、火事に繋がるってことでしょうか。桑本さんは知っていたんですか」

「桑本は、それ以上のことは何も聞いていませんでした。もちろん、誰からの脅迫であるかも」

磯貝さんが少し唇を歪めた。

「脅迫状は普通のコピー用紙にプリントアウトされたものだったそうです。指紋も、桑本の事務所の方で調べたそうですが、手にした小松医師のものしか見つからなかったそうです」

用意周到だったんだ。脅迫者は。

「どうして警察に届けなかったのかっていうのは、あれなんでしょうか。小松さんに何かあったんでしょうか」

「あったのでしょうね。脅迫されるような何か、やましいことが。脅迫者と共有する事実は、そこに繋がっているんでしょう」

何かはわかりません、って磯貝さんは続けた。

「おそらくは、何か犯罪に関係していたんでしょう。だから警察にはこの脅迫状に関して相談できなかった。桑本の方でもそれが一体何なのかは確認していません」

「しないで、依頼を受けるんですか？　ヤバいことかもしれないのに？」

「小松医師の方に明らかに犯罪に関する何かが確認できなければ、仕事としてはもちろん受けますよ。それに、今回は小松医師はこの脅迫状を送ってきたのは、仕事上の逆恨みだと説明したそうです」

仕事上の。そうか。

「お医者さんだから、医療過誤とか何かその辺の方向なんだってことですね」

磯貝さんがちょっと眼を大きくさせた。

「よく知ってますね。医療過誤なんて難しい言葉を」

「小説で読みました」

なるほど、って頷いた。

え、でも。ちょっと待ってくれよ。

「磯貝さん、脅迫状が来て小松さんがボディガードを雇ってしかもうちに盗聴器を仕掛けたってことは、小松さんはその脅迫状を送ったのがうちにいる人間だと思っていたってことですか？」

磯貝さんが、少し首を傾げた。

「そこのところは桑本の方でも聞いていないそうです。ただ、〈銀の鰊亭〉に盗聴器を仕掛けたいと依頼されたそうです」

「そんなんでも受けちゃうんですね。盗聴器を仕掛ける仕事なんてものを」

そうですね、ってまた肩を竦めた。

「明らかな犯罪絡みの仕事でなければ、大抵のことは受けるでしょうね。このご時世ですから」

「桑本さんの方では何にもわかっていないってことですね」

「推測はしていましたけどね。誰でもそう思うでしょうけど、脅迫状は〈銀の鰊亭〉に来る客に何か関係しているんだな、と」

「客、ですか」

「客でしょうね。〈銀の鰊亭〉の誰か、誰かと言っても人数は限られています。その人たちが脅迫状に関係しているのなら、単純に〈銀の鰊亭〉の皆さんについて何もかも調べてくれって依頼するでしょう。そうではなく、客が過ごす部屋に盗聴器を設置しているのがその証拠ですね」

そうか。

「確かにそうですね。もうひとつの盗聴器も座敷ですからね」

どっちもお客さんが食事をして話をするところだ。

「小松医師が仕事上の逆恨み、と説明したところからも桑本はそう推測したそうです。まぁそこから判断をして、仕事として受けても問題ないと結論づけたんでしょう。小松医師が亡くなってしまった今は何を目的として、誰を目標として盗聴器を仕掛けたのか、それを確かめることはできません。でも、間違いなく小松医師は、〈誰か〉を知っていたんでしょうし、その〈誰か〉が〈銀の鰊亭〉に来ることも知っていて動向を探るために、何を話すかを調べるために仕掛けたんでしょう。そうでなければ盗聴器を仕掛ける意味がない」

お客様の〈誰か〉。

〈誰か〉ってことは。

「その誰かというのは、ひょっとしたら篠崎さんや加原さん、っていう可能性も出てきますよね。すると篠崎さんと小松さんと加原さんは、お互いに知り合いでそしてお互いに〈何か〉を知っていた、いや知ってるってことですか？」

磯貝さんが頷いた。

「その可能性もあります」

「じゃあ、篠崎さんや加原さんにも同じように、〈沈黙しろ。さもなくば〉という脅迫状が届いている可能性も」

「可能性はありますね。しかし僕がそれを、お二人に確かめることはできません」

捜査じゃないからか。

ううん、って感じで磯貝さんは首を捻った。

「言うまでもなく、今はずっと推測として話しているんですが」

「はい」

「小松医師の死が事故ではなく、殺人だとしたら、の話ですが、盗聴器を仕掛けたことが脅迫者に発覚したために、つまり〈沈黙〉しなかったと考えられたために小松医師は」

「殺された？」

自分で言ってびっくりした。あまりにもしっくり来たから。

磯貝さんは、ゆっくりと頷いた。

「そう考えてもおかしくはない、という話です。そうだとは断言できません。そもそも殺人という証拠は何もありませんし、これからもきっと出ないのでしょう。小松医師の死は事故として処理されましたから捜査をすることもありません。犯人の自白があればまた別ですけれど」

え、でも。

「確かにその可能性はありますけど、でもですね、小松さんが盗聴器を仕掛けたのを知った脅迫者が小松さんを殺したって考えるのなら、盗聴器を仕掛けたことを知っている人間の中に脅迫者がいるってことになっちゃいますよね？」

「その通り、そういうことになってしまいます」

なってしまう。

思わず体が震えた。

小松先生が病院に運ばれる前から、盗聴器があることを知っていたっていう人は。

「僕と宮島さんと文さんだけですよ？」

確か、そのはずだ。

仁さんに教えたのはその後のはずだけど。

「僕と桑本も知ってましたね」

「それはそうですけど」

そこを疑ってはどうしようもない。

磯貝さんが、じっと僕を見た。

「え」

まさか。

「桑本さんも、容疑者ですか？」

「可能性としてはもちろんあるわけですから、外すわけにはいきません。もっともあいつが脅迫者という可能性はかなり低いので除外してもいいのですが、それでも何らかの協力者という線は崩せません。亡くなった小松医師に最も近づいていたのは彼でもあるわけですから」

確かにそうか。

「宮島さんは？」

「外します。彼が何にも関係ないのは明白です」

ですよね。

「容疑者という意味では、何も裏を取ってはいないのに刑事がこういうことを言うのは何ですが、篠崎さんも、そして加原さんも容疑者になっていくでしょう。彼ら三人が共謀して何かをしようとしていたという可能性も出てくるんです」

確かにそうだ。

その三人がお互いにお互いを監視していたってことだって考えられる。

「さらに言うなら」

磯貝さんが煙草を灰皿で揉み消した。

「篠崎、小松、加原が、謎の焼死体の二人と知人だったという可能性も出てきたということです」

そうか。そう繋がるのか。

「だから、篠崎さん、小松さん、加原さんは、〈銀の鰊亭〉が再開したらすぐにやってきた」

「そうです」

磯貝さんが大きく頷いた。

「何故何かを探るようにして来たのか。それは火事で死んだはずの〈誰か〉が知り合いだったからです」

うわ。頭の中で何かがぐるぐる回り出した。

「じゃあ、篠崎さん、小松さん、加原さんは、焼死体に謎があることを知っていた？」

「知っていたんでしょう」

「そして警察もわからないそれが誰かを知っているのに、知らないふりをしている？　それは何か犯罪に関係していて、自分たちがその焼死体の知人だと知られては拙いから、誰にも言ってない？」

「そういうことにもなってきますね。あくまでも、推測の話です」

でも、それで全部が繋がったんだ。

「しかし」

磯貝さんは首を横に振った。

「全部、何も証拠はありません」

その通り。ないんだ。盗聴器が仕掛けられたという事実はあるけれど。そして小松先生が脅迫されていたというのも事実だけど。

「え、僕は？」

確認するのを忘れてた。

「僕が脅迫者である可能性はないですよね？」

磯貝さんが笑った。

「もちろん、ないです。光くんが火事に関係していると思ったら捜査協力なんかお願いしません。どんな新事実が出てこようが、光くんが容疑者にはなり得ません」

「文さんは」

「外せません」

それは、最初からそうだった。

「文さんの場合は脅迫者というよりも、事件の、いや火事が事件だとしたなら、そこに大きく関わる人物としてですが。それでも、小松医師の死の前に盗聴器があることを知っていたのは事実ですから」

「そうですね」

「それに、仁さんも外せません」

仁さんも？

「え、でも仁さんが盗聴器の件を知ったのは、いや僕が教えたのは、小松さんが病院に運ばれたっていうのを知った後ですよ？」

確認していないけど、確かにそのはずだ。そう言うと、磯貝さんは顔を顰めた。

「光くんが文さんに盗聴器の話をしたのは、どこでですか？」

「文さんの部屋です」

そうだ、それは間違いない。

「そのとき仁さんはどこにいましたか？」

磯貝さんは、僕を見据えた。

仁さんがどこにいたかって。

「わかりません。でも、自分の部屋にいたんだと思いますけど」

「でも、立ち聞きしていた可能性もありますよね？」

立ち聞き。

ない、とは、言えない。文さんのことが急に頭に浮かんできた。文さんは言っていた。『昔からそんなことやっていたんだと思う。廊下のどこを歩いたら軋まないかとか、どの辺りで静かにしていると音の反響でよく聞こえるかとか、そんなのを自然にやっていたの』文さんは小さい頃からそんなことをやっていた。知っていた。だとしたら、仁さんだってそういうのを知っていたっておかしくはない。

「小松医師が亡くなったとき、アリバイを確認しましたね？」

「はい」

した。

「そのときに、仁さんには確実なアリバイがありませんでしたね？」

なかったか？

「いや、でも買い物に行っていたって言ってませんでしたか？」

「言ってましたね。『立ち寄ったのは馴染みの店ばかりですので、その気になればアリバイ確認はできると思う』と。馴染みの店ってことは、毎日のように買い物に行っているんでしょう。そういうところは、その日は来なかった、なんて覚えていないものです。何か特別なことでもない限り。あるいは、立ち寄った時間などは。光くんと文さんのアリバイはおそらく完璧でしょう」

「いや、でも」

「光くん」

「はい」

「青河玄蕃さん亡き今、仁さんは、唯一の、全てを知っている人物だと思いませんか？」

全てを。

「〈銀の鰊亭〉の、そして〈青河邸〉の過去を、多くを知っているのは残された娘さんである光くんのお母さんや、叔母の文さんではなく、仁さんではないですか？　お二人が生まれる前から、ここで働いているんです」

それは。

「確かにそうですけど」

「そして何よりも、〈銀の鰊亭〉を、〈青河邸〉を守るという強い意志を誰よりも持っているのは仁さんだと、僕には思えるんですが」

磯貝さんが、少し微笑んだ。

「あくまでも、可能性の話です。全てがただの推測です。もしも小松医師が脅迫に基づき殺されたとするならば、犯人の可能性があるのは今名前を挙げた人たち、というだけです。まったく登場していない誰かさんの可能性だってあるわけですから」

第七章

〈銀の鰊亭〉の皆さん

「でも」

そうじゃないと思った。

「磯貝さんは、小松さんが殺されたとしたら、その現場にいたのは仁さんだって考えているんですね？」

少し首を傾げた後に、唇を歪ませた。

「仁さんである可能性を仮に八十パーセントだとしたら、他の人たちの可能性はせいぜい十パーセントかな、と思っています」

もう確定じゃないか。磯貝さんは、小さく息を吐いた。

「正直なところを話してしまいますけど、あ、時間は大丈夫ですね？」

「全然平気です」

「僕は、あの火事以来、仁さんに何度もお会いしています。まだ光くんと会う前から、長い間、事情聴取という名のお話をさせてもらいました。文さんが意識不明のときからずっとです」

うん、って頷いた。そうだろうと思う。

「仁さんがどういう人間か、男であるかは、もちろんプライベートでは会っていませんが、よくわかったつもりです。名前の通りに仁の心を持った方でしょう。仁の意味は知ってますか？」

「えーと」

仁、っていうのは。

「すみません。あやふやです」

「仁とは、他人に対する親愛の情、優しさと言われます。小説はよく読むんですよね。『南総里見八犬伝』は知ってますか？」

「知ってるけど小説では読んでません。でも、仁、義、礼、智、忠、信、孝、悌は知ってますよ。八犬士の持ってる玉に浮かび上がる文字」

何かのマンガかアニメで知ったんだけど。そうですね、って磯貝さんは頷いた。

「その八つの文字は、それぞれが人間の徳を示したものですよね。仁という言葉は、他の七つをほぼ全部含めてカバーするほどの意味を持った〈徳〉である、という解釈もあります」

なるほど。

「あ、だから〈八犬士〉で仁の玉を持つ、えーと」

「犬江親兵衛ですね」

「そう、その人は最後に出てくるんでしたね。最強の犬士ですよね？」

「案外、そうかもしれませんね。作者である曲亭馬琴がどう考えていたかはわかりませんけど」

たぶんそうなんだろう。どんな時代でも最後に出てくる奴がいちばん強いっていうのは物語の根本的なものなんだきっと。だってそうじゃなきゃ物語は長くできないし、終われないから。

「そういう意味で、優しくそして、強い方です。どんなことが起ころうとも鋼の意志で最後まで貫き通すような人だと、思いました。そう思いませんか？」

そこまで仁さんのことを深く考えたことはないけれど。

「優しくて強いっていうのは、合ってると思います」

「だからこそ、〈銀の鰊亭〉を、〈青河邸〉を守るという強い意志を誰よりも持っているんです」

磯貝さんが、はっきりとした口調で言った。それはまぁ、理解はできるけれども、だからと言って、とても仁さんが殺人を犯すとは考えられないんだけど。

磯貝さんはコーヒーを一口飲んだ。

「光くん」

「はい」

「今から話すことは、推理とか推測じゃありません。今までに摑んだ事実を基にして私が創作したただのお話です。刑事が推理しているんじゃない。ただ想像したんだと、そう思って聞いてください」

頷いた。頷くしかない。

「青河玄蕃さんが、過去のある事実から、ある人物に脅迫を受けたとします。その結果が、あの火事です。まずこれを大前提とします。いいですか？　そこを前提としないと始まらないので」

「いいです」

たぶん、そういうことだ。火事を事故としないなら、そうでしかない。そして、もう事故とは思えない。

僕もそう感じている。

「それはとんでもなく凶悪で大きな脅迫でした。ややこしくなるので、ある人物つまり火事で焼け死んだ身元不明のご遺体を〈太郎と花子〉にしましょう。そして過去のある事実は〈秘密X〉としましょう」

わかりやすいけど笑ってしまいそうだ。

「太郎と花子のどちらかは、玄蕃さんのとんでもない過去である〈秘密X〉を知っていたんです。ここでは刺された痕のあった太郎が知っていたとしましょう」

「どうしてどちらか一方なんです？」

「どっちも知っていては、秘密の重大さが薄れますからね。どこかに漏れる確率が高い秘密というのは、価値が低くなっていくんです。花子は最終的には、つまり脅迫に一緒に来た時点では太郎に聞いていたとしても、直接その〈秘密X〉が事実だという証拠を握っているのは太郎だった、ということです」

なるほど。

「太郎と花子の関係も内縁とか夫婦とか、あるいは兄妹とかあれこれ考えるとややこしくなるので、ここでは単に恋人同士としておきましょう」

「いいです」

「〈秘密X〉は長い長い間ずっと隠されていました。玄蕃さんに今までそれに関する大きなトラブルがなかったのがその証左でしょう。つまり太郎は〈秘密X〉を長年知ってはいても、それで玄蕃さんを脅迫する強い動機が、理由がそれまではなかったんです。知ってはいても使う必要が彼の人生にはなかった。ここまではいいですか？」

頷いた。わかります。話の筋は通ってます。

「しかしここで太郎は〈秘密Y〉によって〈秘密X〉を脅迫に使わなきゃならない羽目に陥った。その〈秘密Y〉とは大きな借金を作るようなものでしょう。何か脅迫をするような強い動機、それが〈秘密Y〉です」

　強い動機。

「ギャンブル、とかですかね」

「ざっくり言えば、ですね。そこを含めての〈秘密Y〉です。玄蕃さんを脅迫して得られるものは、そもそも誰かを脅迫しようというのは大体が金目当てです。そして玄蕃さんは〈銀の鰊亭〉が赤字だとしても、多くの不動産を所有している資産家です。太郎はもちろんそこもよく知っていたんでしょう」

「つまり、太郎は祖父のことを昔からよく知っている人物ってことですよね」

　磯貝さんは、人差し指を立てた。

「むろん、そうです。古い知人でなければなりません。青河家が不動産を多く所有していることは、文字通り関係者しか知りません。まぁよく考えれば、常識ある大人なら誰でも察することができることではありますが」

「そうですね」

「ここまでは、玄蕃さんと太郎の関係のみです。それで完結していればあの火事で終わったんでしょう。二人のみならず玄蕃さんの奥様と花子も一緒に死んでしまったのは、それぞれの関係性を考えてもわかることです。玄蕃さんが破滅するのなら奥様も破滅する。〈秘密X〉はそういう類いのものなんでしょう。だから、四人は一緒に死んでしまった。正確に言えば、妻には一緒に死んでもらって太郎と花子は殺した。そうやって玄蕃さんは〈秘密X〉を永遠に葬り去ろうと思ったんです。計画的に、です」

ぶるっ、と身体が震えてしまった。そう考えると祖父ちゃんの真面目な顔が、急に冷徹なものに思えてきた。

「つまり、あの〈月舟屋〉での会合は、祖父が太郎から脅迫を受けての、何もかも計画し終わってからの会合だったってことですね。そして、祖父の計画自殺、及び計画殺人だったと」

「その通りです。相手を殺して自分も死ぬ、というものです。しかし表向きには事故ということにしないと〈秘密X〉が探られてしまうかもしれない。そこで、うちの署長もその計画の一部を担ったんでしょう。そう考えれば、あっという間に事故にされたのも頷けます」

署長さん。

そして磯貝さんの恋人のお父さん。

「祖父と署長さんは、うちに残っている書類上では何も関係がないけれども、そういう計画に参加するぐらいに親しい仲だったと、このお話では仮定するんですね？」

そうです、って頷いた。

「親しかった、と知っている人間が今のところ周囲にいないことを考えると、これも二人の古い過去に関係しているのでしょう。ひょっとしたら署長は過去の人生において玄蕃さんに多大な恩義を受けたのかもしれません。人知れずね」

「普段は交流はないけれども、祖父のためなら一肌脱がなきゃならないと感じていた？　一肌脱ぐどころか自分の立場さえ危うくなるような計画に加担した。それぐらいに大きな恩義があった」

「そういうことです」

「うちに署長さんが来た形跡が一切ないのは、ひょっとしたら本当に来なかったのかもしれないけれど、祖父が計画のために処分した、とも考えられる？」

うん、って言いながら少し首を傾げた。

「よく気づきましたね。でもそこは、本当に来ていなかったほうに少し分がありますかね。何せ仁さんや文さんがいます。他の従業員の方もいます。全員に口をつぐませることはできないでしょう。危険過ぎます」

「そうか」

じゃあ。

「ひょっとしたら、過去の人生において署長さんが祖父に恩義を感じた何かも、表に出せないような事件とか出来事だったのかもしれませんね」

「あり得ますね」

大きく頷いた。

「だからこそ、交流を誰も知らなかったのでしょう」

そうなのかもしれない。

「そこで〈秘密Y〉です。太郎が玄蕃さんを脅迫しようとした動機になった〈秘密Y〉。この具体的なものをひょっとしたら玄蕃さんは知らなかったのかもしれない。単純に金欲しさに脅迫されたと思っていた。あるいは知っていても、〈秘密Y〉に関わる関係者を全部処分はできないと判断したのかもしれない」

「その処分の対象になるのが、篠崎さん、小松さん、加原さんですね？」

「そうです。篠崎さん、小松医師、加原さんは、太郎と〈秘密Y〉を共有する人物だったとします。だからひょっとしたら〈秘密X〉のことも太郎から聞かされて知っているかもしれない。しかし、そこを確かめることは玄蕃さんにはできなかった。時間がなかったのかもしれない。大本である太郎そして一緒に来た花子を消すことだけで精一杯だったのかもしれません。それで」

うわ。

そうか。

「それを託されたのが、仁さんってことですか?!」

磯貝さんが、ゆっくりと頷いた。

「そう考えると、全部が繋がっていきます。脅迫状を送ったのも、小松医師を死に至らしめたのも、玄蕃さんから〈秘密X〉を守ることを、それを決して表に出させないことを託された二瓶仁さん」

「いや、でも！」

叫んでしまった。

「そうすると、仁さんは、祖父ちゃん祖母ちゃんが焼け死んでいくのを、知っていて、見ていたって」

そういうことになってしまう。

磯貝さんは、顔を顰めながら頷いた。

「私のこのお話では、そういうことになってしまいます」

びっくりどころじゃない。この感情は何て言えばいいんだ。

驚愕（きょうがく）？　畏怖（いふ）？

声も出ない。

「そんなこと」

そんなこと。

「できますか？」

自分でも何を言ってるかと思ったけど、そんなふうに訊いてしまった。

磯貝さんは、首を横に振った。

「私にはできませんね。無理です」

鋼の精神力と強い意志と、そして、って磯貝さんは続けた。

「仁の心、でしょうね」

信じられない。

でも、確かに今の話なら何もかもが素直に繋がっていく。

仁さんは、〈秘密X〉を守るために祖父ちゃんと祖母ちゃんの死を黙って見て、そして太郎と花子が殺されていくのを見て、さらには篠崎さん、小松さん、加原さんを脅迫して、小松さんを殺したのかもしれない。

この先、篠崎さんと加原さんも殺すかもしれない。

「〈秘密Y〉って？　何なんですか？」

「繰り返しますが、想像ですよ私の。何の根拠もありませんが、篠崎さん、小松医師、加原さんに共通の特徴がありますよね」

共通の特徴？

「何ですか？」

「お金持ち、です」

そうか。

「三人とも裕福です。さっき太郎は〈秘密Y〉のせいで脅迫を決行し大金を得ようとしたと言いましたが、三人のお金持ちがさらに大金が必要な事態となると」

「ギャンブル、ですか」

「裏カジノかもしれません」

裏カジノ。

「マンガや何かで何となくはわかるでしょう。違法なカジノです。それは、現実に、実際に存在します」

「あるんですね」

ゆっくり頷いた。

「三人、太郎を含めた四人がどこで繋がったのか。可能性を探るのなら、そういう裏カジノで繋がったのかもしれません。大金が絡むのはそういうところです。ひょっとしたら、四人とも裏カジノでの借金で首が回らなくなったのかもしれません。それで、太郎が〈秘密X〉を使って玄蕃さんを脅すことを思いついた。他の三人はそれに乗った。脅迫が上手くいくかどうかを見守っていた。しかし」

「太郎が、火事と一緒に消えたんですね？」

そうです、って磯貝さんは言う。

「何故消えたのか。太郎と花子の身元は明らかになっていませんから、他の三人は本当に太郎があそこで死んだかどうかはわかっていないかもしれません。それでも連絡が途絶えた。

しかも脅迫の相手であった玄蕃さんは死んだ。これはもう火事で太郎も死んだとしか思えない」

「それで、三人は別々に〈銀の鰊亭〉に探りに来た。四人は、一蓮托生の仲間だったんですね」

「そう考えれば、繋がります。太郎の持っていた〈秘密X〉とはそれほどに価値のある秘密だった。地位も金もあるその三人を頷かせるほどの、説得力のある秘密だったのでしょう」

説得力。

「つまり、太郎が確実に祖父の〈銀の鰊亭〉の全てを手に入れることができるほどのものが、〈秘密X〉っていうことですね」

「はい」

磯貝さんが、強く大きく頷いた。

「そうでなければ、玄蕃さんは、妻までも一緒に殺して、全てを消すために火事を起こして自分も死ぬなんてことはしないでしょう」

何だ。

それは、何なんだ。どんな秘密なんだ。

磯貝さんが、少し難しい顔をした。

「ここだけの秘密の話ですが」

「なんです」

「裏カジノ、もしくは闇カジノについてはもちろん警察の方でも存在は確認しています。摘発をしたこともあります。そこに関わっているのは日本の暴力団であったり、ロシア系のマフィアであったりもします。今は半グレなんて呼ばれる若いのがそんなことをやっていたりもするようです」

そうなんですか、と頷くしかない。それこそマンガなんかにもそういうのはよく出てくる。

「担当者に、篠崎さん、小松医師、加原さんの三人の名前を出しました。そういうところに出入りしそうな連中かどうか、見当はつくか、と」

「どうだったんですか？」

「もちろん、証拠があれば逮捕していますからね。特に名前が挙がってきたことはないけれども、案外、的外れでもないかもしれない、という答えでした。つまり、そんなことをやりそうな人間ではある、と」

そうなのか。

「やりそうだ、ってマークしている人間っているんですね」

肩を竦めてみせた。

「わりといますよ。暴力団と付き合いのある人間とかそういう感じですね。警察は事件がなければ動かないと言われていますけれど、事件がなくても動いている部署だってあるんです」

気をつけようと思った。

そして、思った。

「磯貝さん」

「はい」

「ひょっとしてこのお話には、〈秘密X〉が何であるかも含まれているんですか？　磯貝さんはわかっているんですね？」

磯貝さんが、唇を歪めてから、頷いた。

「再三言いますが、あくまでも、想像です。お話です。小説と言ってもいい。ですが、これしかないのではないか、という想像はできています。それを、思いつきました。本当にただの思いつきですが、筋は通ってます」

筋は通ってる。

「その考えに、無理はないってことですか」

「はい。あり得ないことではないです」

「何ですか？　僕にはさっぱりわからないんですけど」

「さっき、光くんは言いましたよ」

「え？」

言った？

「〈秘密X〉は、〈銀の鰊亭〉の全てを手に入れることができるもの、だと」

言った。そう言った。

「玄蕃さん亡き後、〈銀の鰊亭〉の全てを手に入れたのは、誰ですか？」

誰って。

「文さんです」

正確には母さんにも取り分が生じるだろうけど、その息子の僕にもあるかもしれないけど、全部文さんに任せるって言ってた。

だから、文さんだ。

「そうですね」

そうですね、って。

え？

「文さんですね」

「はい」

「文さんが、〈銀の鰊亭〉の全てなんです。全てを手に入れた女性なんです」

全てを手に入れたって。

ミステリでは利益を得る者が犯人ってよくあるけれど。

「え、まさか文さんが黒幕とかってことですか？　そんなバカなことないですよね?!」

「違いますよ」

磯貝さんは、少し苦笑いした。

「いくら何でもそれはありません。文さんは誰も殺さなくても時間が経てば〈銀の鰊亭〉の全てを得られる人間ですから、そんなことをする必要がありません」

「ですよね」

磯貝さんが、眼を細めた。

「想像です。本当に、想像です。しかも相当に悪趣味で失礼なので、とても本人のいる前では話せませんし、他の誰にも言えません。本当に、相当に、悪趣味な話です」

そんなにか。

「今のところ光くん以外には話そうとも思いません」

「どうして僕だけに」

思わず言ったら、笑った。

「君なら、この想像にも耐えられると判断したからです」

「耐えられる」

そう言われても困るけど、優秀な刑事さんである磯貝さんにそう思われたんなら、ちょっと光栄かもしれないけど。

「聞きますか？」

「聞きます」

ここまで話されてお預けは、ない。

「火事が起こったとき、そして死体が発見されたとき、つまりまだ事故なのか事件なのかわからないので、両面での初動捜査をしているときに、捜査の一環として〈銀の鰊亭〉の従業員の皆さんのことも調べました。出火当時どこにいたかとか、ですね」

「はい」

それは聞いているし、あたりまえのことだと思う。

「もちろん現在の従業員の皆さんには、アリバイがありました。仮に不審火だったとしても関係がありませんし、そもそも動機がありませんでした。皆さん、心の底から驚き、主人夫妻が亡くなったと聞いて、悲しんでおられました」

だと思う。皆、いい人なんだ。

「それからさらに、今まで、過去にお店で働いていた人たちのことも、お訊きしました」

「今まで働いていた人？」

「そうです。つまり〈銀の鰊亭〉の内部事情や建物の構造をよく知っている人たちですね。もしも不審火だったとするなら、そういう人たちのことも念のために確認します。最近になって訪ねてきたりした人はいないか、トラブルで辞めた人はいないか、などとね。これも異例でも何でもなく通常の捜査です。あくまでも不審火だとしたら、の話ですけどね」

なるほど。確かにそうか。

「光くんも知っているかもしれませんが、〈銀の鰊亭〉は遡れば相当な人数の従業員がいましたが、今も存命しているような人たち、つまり玄蕃さんの代になってからは、これだけの老舗にも拘らず働いていた従業員はそう多くはありません。ですから、名前もすぐに出てきました」

「そうですね」

前に仁さんに訊いたことがあった。そのときも仁さんは言っていたっけ。そんなに多くはいませんよって。

磯貝さんがメモ帳を取り出して、開いた。

「お名前を挙げると、調理師では上田治雄さん、駒井繁さん、佐々木弘和さんの三名です。そして仲居さんでは、吉田和子さん、浜本木ノ実さん、西崎博子さん、岡本藍さん、ですね」

頷くしかなかった。今は働いていない人たち。当然僕は会ったことがないし、名前も前に少し仁さんに聞いたことがあったけど、覚えていない。

「この方たちが現在どこにいるのかなどは、〈銀の鰊亭〉では全員は把握していませんでした。今も年賀状などで繋がっている人たちも数人いましたが、彼らに確認をする前に、あの火事は事故として処理されることになりました。したがって、この人たちへの確認も全員は行っていません。その前に捜査は終了しました」

そんなふうに言うってことは。

「磯貝さんは、後から密かにその人たちを調べたんですね？」

こくん、と、頷いた。

「署長の件がわかってからですね」

「どうだったんですか？」

「完璧に調べられたわけではありません。捜査ではなかったですからね。個人的に時間の空いているときに調査をしただけですから、限界がありました」

またメモを開いた。

「調理師、つまり板前だった駒井繁さんは五年前に亡くなられていました。何らかのご病気だったようですね。同じく板前だった佐々木弘和さんは今は息子さんのいる埼玉の方に住んでいらっしゃいます。お仕事は引退したのかどうか」

頷くしかない。

「仲居さんの吉田和子さんはもうご高齢ですが、お元気で家族と過ごしていらっしゃいます。浜本木ノ実さんはおそらく施設でご存命です。西崎博子さんは岐阜(ぎふ)においでです。おそらくご結婚してからだと思います。岡本藍さんは、どうやらアメリカにいらっしゃいます。ご結婚されてのことだと思います。ちなみに岡本藍さんはFacebookで発見しました」

そっか。そういう捜し方もありか。

「つまり、今名前を挙げなかった一人を除いて、ほぼ火事には無関係だろうという結論に達しています」

「一人」

名前の挙がらなかった人は、誰だっけ。

「上田治雄さんです」

上田治雄さん。

もちろん僕は知らないから、何もわからない。

「その他は、亡くなられていたり、年賀状のやり取りがあったり、また普通の生活を営む人たちであったりと、少なくとも火事に関係するような人は、確証はありませんが、たぶんいません。未確認ですが、おそらくまだ身体が動く方、及びこちらにおられる方は葬儀にも来ているはずです。ただ、上田治雄さんだけが行方不明です。少なくとも私は所在を確認できませんでした。彼がその後どのようにして〈銀の鰊亭〉と関わりを持っていたかも、何もわかっていません」

もちろん文さんに訊いてもわからないんだろう。

母さんなら知ってるだろうか。

「辞めた時期だけは、わかっています」

「辞めた時期？」

そうです、って頷いた。

「最初に名前を確認したときに、いつ辞めたかは聞きました。この上田治雄さんは、三十年ほど前に辞めています。正確には二十九年前ですが」

「三十年」

僕も文さんも生まれる前の話だ。

「どうして辞めたとかは」

「どこかの店に移ったというのが、仁さんの話でした。何かトラブルがあったというわけではないとは言ってましたが、その理由などはわからないと」

三十年も前に辞めた人が、今は行方不明。少なくとも磯貝さんの個人的な調査では今どうしているかわからなかった。

「まさか、その人が太郎だ、って」

「まったく確証も何もないです。しかし、〈秘密X〉を持っている太郎が玄蕃さんと古い付き合いだとすると、太郎が〈昔の従業員である〉というのは大いに考えられることです。むしろその可能性が充分にあると思えます。これは、過去の様々な事案、事件ですね、それに照らし合わせてもそうです」

そうなんだろうと思う。

「太郎が上田治雄さんだとすると、三十年も前に〈銀の鰊亭〉を辞めた上田治雄さんが、そんなにも長い間持ち続けていた、そして今になって持ち出してきた、〈銀の鰊亭〉を全て手に入れられるほどの〈秘密X〉とは、一体何か？」

三十年くらい前。

そして、文さん？

「まさか、磯貝さん！」

急にその考えが浮かんできて、思わず大きな声が出てしまった。

そんな。

「文さんが？」

磯貝さんは嫌そうな顔をした。

「思い当たりましたか？」

「いや、でも」

思い当たることは、ひとつしかないけど。

「そんなこと、思いたくもないですけど」

「ですよね。私もそんな想像はしたくありません。しかし、それなら、その理由なら、太郎は、上田治雄さんは、〈銀の鰊亭〉の全てとは言わずとも、大きなものを何の苦もなく手に入れられる可能性があるんです」

確かにそうだ。

太郎が、上田治雄さんが、文さんの実の父親だとしたら。

つまり、祖母ちゃんが上田治雄さんと浮気をしていたんだったら。

それで、〈銀の鰊亭〉を辞めたんだとしたら。

爆弾級の、秘密だ。

第八章

〈銀の鰊亭〉の御挨拶

お話の続きですが、って磯貝さんは言った。

「上田治雄が、文さんの父親である。しかもそれは確定した事実だと関係者、つまり玄蕃さんも奥さんもそして上田治雄もわかっていたとなると、三十年前の時点で玄蕃さんは既に子種を失っていたのかもしれません」

子種。そうか。そういうこともあるって知識はあるけれど、祖父ちゃんがどうだったかはもちろん知らない。

「うちの母親もきっと知らないですよね」

「さすがにそれは」

磯貝さんも微妙な表情をした。

「娘にそういうことを知らせる父親はたぶんあまりいないでしょうし、娘さんもあえて知りたくはないのではないかと」

「ですよね」

娘じゃなくたって息子だって父親のそんな話は聞こうとは思わない。

「でも、そういう事実がないと、子供ができたときに間違いなく上田治雄が父親だなんて確定できないですよね。母と文さんの血液型は同じA型ですから」

「そうです。三十年前にDNA鑑定をするなんていうことは考えなかったでしょうし、できなかったでしょうね」

「祖父ちゃんが全員殺そうと考えたぐらいですから、確定した事実だった。ひょっとしたら祖父ちゃんは三十年前の時点で、えーと、子種がないどころか男としてダメだったんじゃ？　勃起不全(ぼっきふぜん)でしたっけ？　ED？　だから祖母ちゃんは上田治雄と、その、関係なんかしちゃったとかも考えられますよね」

磯貝さんが顔を顰めて頷いた。

「その可能性もあるでしょう。むしろ浮気の理由としてはそういう事情があった方がわかりやすいですね」

文さんは、上田治雄と祖母ちゃんの子供。

「たとえ実の父親であったとしても上田治雄に相続権などは生じません。けれども、浮気の末にできた子供が事実上の跡取りであるという事実は、脅して大金を得るための材料としては充分過ぎるでしょう。〈銀の鰊亭〉の権利だけではなく、文さんの人生までも懸かっている秘密なんです」

そう思う。

上田治雄が、法的にも正当な跡継ぎとして存在する文さんの、実の、本当の父親だったら。

「もしそうなら僕と文さんの関係はどうなるんでしょうね？」

磯貝さんも首を捻った。

「法的には、戸籍上では文さんは間違いなく玄蕃さん夫妻の娘でしょうから変わりませんね。血縁的にも文さんは光くんのお祖母さん、晴代さんの娘であることは間違いないわけですから、叔母と甥でいいんじゃない、かな？」

ちょっと自信なさげに言った。

「綾さんと文さんは種違いであろうと、同じ母親から生まれた姉妹であることは間違いないでしょうからね」

「そうですよね」

何であろうと僕と文さんの関係は変わらないんだ。

「でも、ですよ磯貝さん。仮にそのお話が事実だとしても確かめる方法なんて、ないんじゃないですか？」

今となっては。

「ほぼ、ないですね」

磯貝さんが、顔を顰めながら頷いた。

「DNA鑑定でもできれば、文さんが玄蕃さんの実の子ではない、というのは確認できるでしょう。上田治雄の検査もできれば彼と玄蕃さんの奥さんの間にできた子供というのもほぼ百パーセント確かめられるでしょう。しかし」

「ないですよね」

DNAを鑑定できるものが、物的なものが、何もない。

祖父ちゃんも祖母ちゃんも死んでしまって灰になっている。祖父ちゃんや祖母ちゃんが普段使っていてDNAを採取できるような、たとえば歯ブラシなんてものなんかも、たぶん何ひとつ、ない。

仮に二人の髪の毛がまだ祖父ちゃんや祖母ちゃんの部屋に奇跡的に落ちていたとしても、それが本当に二人のものかどうかなんて、わからない。僕だって祖父ちゃん祖母ちゃんの部屋に出入りしているんだ。

「そういうものを全部調べるにしても、おそらくは徒労に終わるでしょうし捜査はできないので自費でやることになって、とんでもなくお金も掛かります。ましてや、上田治雄の痕跡を探すのは全国に指名手配でもできなければ、無理です」

そうだと思う。

「よく知りませんけど、遺骨からDNAを取り出すのは無理ですよね」

「無理です」

きっぱりと磯貝さんは言った。

「そういうものは熱に弱いんです。遺骨からＤＮＡ検査はできません」

磯貝さんは僕を見ながら言う。

いや、待てよ。

「そうか。でも」

うん、って磯貝さんが頷いた。

「気づきましたか」

「母さんだ」

僕の母親。

文さんの、姉。

「母さんのＤＮＡと文さんのそれを調べたら、本当の姉妹かどうかだけは、わかる」

「そうです」

ただ、って磯貝さんが続けた。

「確実にわかりますが、それは単に〈玄蕃さんの子供ではない〉というのがわかるだけです。上田治雄が父親であるかどうかは、わかりません」

「ですね」

祖母ちゃんが、祖父ちゃん以外の男性との間に作った子供が文さん、っていうのがわかるだけだ。

「事件の真相なんかわからないで、ただ母さんと文さんの父親が違うってことがわかるだけ」

「そんな、不幸の種をただばらまくだけみたいなことは、したくありませんよね」

磯貝さんがそう言って溜息をついた。

そもそもが、全部推測なんだ。磯貝さんが事実を基に、こうだったら辻褄が合う、っていう〈お話〉なんだ。

でも、確かに説得力がある。

磯貝さんが、煙草を吹かした。

「〈事故〉で終わっている火事です。仮に信頼できる上司にこの話をしても確かに説得力はある。辻褄は合っている。けれども、それを暴いてお前はどうしたいんだ？　って訊かれるでしょうね。しかも署長の犯罪を暴こうとしている。そもそも主要な関係者がほぼ全員死んでいる中で」

「そうですよね」

不幸の種がいっぱいある。それは、今のところ全部隠されている。

磯貝さんが一人で真相を突き止めようとしているのは、確かに刑事として、行われた犯罪を明らかにしようとしているだけなんだけど、その結果として浮かび上がってくるのは、たくさんの不幸だ。

黙っていれば芽吹かない不幸の種を、磯貝さんはほじくり返そうとしている。僕も巻き込まれているんだけど。

仮に、の話だけど。磯貝さんが考えた〈お話〉が真実なら、の話。

祖父ちゃんは、自分の妻の他に二人の人間を放火で殺したことがわかってしまう。

母さんと文さんは、母親が浮気をした、父親が違う姉妹だとわかってしまう。

仁さんは脅迫をして、小松さんを殺すかあるいは事故死させたことがわかってしまう。

磯貝さんは、恋人の父親である署長が企み(たくら)に加担していたことがわかってしまう。

それらが全部明るみに出たら、たぶん〈銀の鰊亭〉は、潰れる。きっと磯貝さんと恋人も上手くいかなくなるだろう。

真実がわかったとしても、誰一人幸せにならない。

真実がわかっても、喜ぶ人は誰もいない。

そう言ったら、ゆっくり大きく磯貝さんは頷いた。唇を歪ませながら。

「その通りですね」

シートに凭れて、煙草を吹かして、煙を吐いた。

「何をしてるんだかな、と思いましたけど、捜査をしているんですよね。犯罪が行われた証拠を集めようと、刑事の仕事をしているだけなんですけど」

空しくなってしまいますよ、って続けた。

「ただ、ですね」

「はい」

「せめて、刑事としてはあたりまえですけど、一人の人間としても、この先に起こるかもしれない不幸だけは食い止めたいと思っているんですよ」

磯貝さんは、溜息交じりに言った。

この先に起こる不幸って。

「仁さんが、他の二人を殺してしまうことを？」

「言ってしまえば、そうです。その可能性はありますよね。そして、それを防げるとしたら」

僕を見た。

「できるのは光くんだけじゃないかな、って思うんですよね」

そうかもしれない。磯貝さんは、刑事さんだ。たとえどんな手段で脅されたりすかされたりしても、仁さんは本当のことを言わないだろう。

そういう人じゃなきゃ、祖父ちゃんの計画に頷けないだろう。実行できないだろう。

「でも、どうやって」

「それが思いつかないんです。どうすればいいですかね」

どうすればいいかって。

仁さんが何もかも話してくれて、その結果磯貝さんの〈お話〉が全部当たっていたとしたら。

「仁さんは殺人犯として捕まってしまいますよね」

「殺人という罪を犯していれば、ですけどね。あくまでも小松医師の死は事故です。現段階では。仁さんは関わっていないかもしれません」

でも、関わっている可能性の方が高い。仁さんがたとえ殺人を重ねても祖父ちゃんが守ろうとしたものを守るって決めているんであれば。

「絶対に、何も話さないですよね」

「話さないでしょうね。たとえ、殺されても。殺すなら殺せと言うでしょう仁さんなら。それで真実を知っている人は本当にいなくなる。むしろですね」

磯貝さんが、不安そうな顔を見せた。

「小松医師の死に、仁さんが関係しているとするならば、それは私のせいだったのかなという気もしています」

「磯貝さんの？」

そうです、って頷いた。

「〈事故〉で終わったことを、一年も経っているのにしつこく私が嗅ぎ回ったことで仁さんが焦ったのかもしれないとも思いました。私が何もしないでいれば、そんなことにはならなかったかもしれない。だから」

悔しそうに、唇を嚙んだ。

「これ以上、私が〈銀の鰊亭〉に出入りして火事の件を調べることで、真実に近づくことで、仁さんが自殺でもしてしまったら、と考えています」

「自殺？」

仁さんが。

磯貝さんが僕を見ながら頷いた。

「少なくとも、今現在、真実を知っているのはただ一人。仁さんだけです。残った篠崎も加原も〈秘密X〉のことを知っていたとしても、それが真実だとは証明できません。全ては火の中で燃えてしまいました。ましてや自分たちの〈秘密Y〉があるから公にできるはずもない。だから」

「仁さんは、篠崎さんや加原さんを殺さなくても、自分が死ねばそれで〈秘密X〉は消える。終わるんだ」

そうです、ってゆっくり磯貝さんは言う。

「跡継ぎである文さんは、記憶は戻らないまでも充分仕事ができるまでになりました。そして同じく後継者の資格を持つ光くんも今は〈銀の鰊亭〉にいます。あとは、自分の味を、

〈銀の鰊亭〉の味をしっかりと文さんなり光くんなりに伝えれば、もう自分の仕事は終わりだと考えるでしょうね」

仁さんは、いつもご飯を作ってくれた。夜食もたくさん。厨房にいるときには、僕に料理の仕方も何となくだけど教えてくれていた。

何よりも、レシピがある。仁さんの味の、〈銀の鰊亭〉の料理のレシピは仁さんのところにあることを僕も文さんも知っている。

「そんなことには、したくないです」

「ですよね」

溜息と、紫煙が混ざった。

「事件の背景の、いや、真実なんてものは、その人の数だけあるんですよ」

磯貝さんが、静かに言う。

「真実はひとつ、なんてのは絵空事です。事件に関わった人たちの数だけ真実があるんです。仮に仁さんが全てを知っているとしたら、仁さんにとって火事という事故で恩人が亡くなり、自分は遺された恩人の店と娘さんを守っていくことだけが、真実なんですよ」

なんとなく、わかる。

「でも、事実はひとつ、ですよね」

「その通りです。事実は、たったひとつです。火事は事件か事故か。そのどちらかでしかありません」

それを突き止めるか、突き止めないか。

そこだけ。

「磯貝さん」

「はい」

「今の磯貝さんが考えた〈お話〉を、僕が推理したということで、仁さんと二人きりで話していいですか？」

唇を引き結んで、磯貝さんが僕を見た。

「僕が頼むことは立場上できませんが、光くんが自分の意思でそうするのを止める権利は僕にはありません」

終わらせることができるなら、それしかないんだ。

終わらせるか、このまま黙っておくか。その二つの選択肢しかないんだから。

「終わらせる方を選びたいと思います。後悔するかもしれませんけど、何かの本で読みましたけど、やらなかったという後悔より、やった上での後悔の方がずっといいって」

そう言ったら、磯貝さんが微笑んだ。

「僕もそうしますね」

「それに、全部的外れで、仁さんが大笑いするかもしれませんよね？　何ですかそりゃ？

って。小説家になれますよって」

それならそれでいいんですけどねって磯貝さんが頷いて、エンジンを掛けたそのときだ。

電話が鳴った。僕のスマホ。

文さんからだ。珍しい。

「はい。光です」

(光くん？　今どこ？)

一瞬答えに迷った。

「大学を出たところ。帰るところだけど」

(病院に来てちょうだい。町立病院。仁さんが)

☆

仁さんは、厨房の床に倒れていた。

文さんは、姿の見えない仁さんはてっきり買い物に出ているんだろうって思っていて、それに気づいたときにはもう冷たくなっていたそうだ。

死因は、心筋梗塞(しんきんこうそく)。

もしも早くに気づいて病院に運ばれていたなら助かったかもしれないけれど、遅かったらしい。磯貝さんが一緒に病院に来てくれたので、きちんと行政解剖することをお願いして判明した死因だった。

つまり、疑わしいところは、事件性は何もなし。

本当に、そんなふうに言うのはあれなんだけど、タイミング的には神様が仕組んだ偶然でしかなかった。でも、文さんの話では、そういえばときどき胸が苦しいって言っていたって。健康診断もきちんと受けていたんだけど、そういうのはどうしようもないみたいだった。

お葬式は、僕たちだけでしめやかに行われた。

仁さんには親兄弟は一人もいなかった。

ご両親は仁さんがまだ小さい頃に亡くなられていて、十五歳のときから働いていた〈銀の鰊亭〉が、自分の家みたいなものだったって。

祖父ちゃんのことを、本当の兄のようにも思っていたって。祖父ちゃんも、子供の頃からずっと一緒に家にいた仁さんを、弟のようにも考えていたって。

そういう話を、葬儀のときに、母さんから初めて聞かされた。

僕が思っていた以上に、仁さんと祖父ちゃんの、〈銀の鰊亭〉の絆は深く、太く、強かったんだ。

葬儀に来てくれて一緒に話を聞いていた磯貝さんも、感じ入っているように見えた。改めて、納得をしたみたいに。

予約を断り、一週間だけ店を休むことにした。

厨房を仁さんと一緒にやっていた通いの岩村さんはもう十年ここで働いていて、店の味を知っている。後を任せても全然大丈夫だったし、本人も絶対に続けましょうと、サポートしてくれる腕の良い料理人もすぐに探し始めてくれた。仲居の岡島さんも岸さんも、なくなってしまうのは困るし、淋し過ぎると言ってくれた。

何よりも、〈銀の鰊亭〉を終わらせることは仁さんのためにも、もちろん祖父ちゃんのためにもできなかったから。

実際の再開は葬儀から十日後。一週間も休んだからその間に食材はほぼなくなっていたし、掃除もしていなかった。それを皆で手分けして再開の準備をして、明日から営業開始っていう日の夜だ。

日曜日の夜。文さんが僕の部屋に来た。

「光くん。ちょっといい？」

「どうぞー」

いつものように、僕の部屋に入るときもきちんと膝をついて襖を開けて、入ってきて椅子に座った。

「あのね。ちょっと確かめたかったことがあるんだけど」

「なに？」

文さんは少し微笑んだ。

「あの日、仁さんが倒れて病院に来たときに、磯貝さんも一緒に来たわよね」

そう。そのまま車で病院まで行ったんだ。

「どうして磯貝さんと一緒にいたのか、今まで訊かなかったんだけど、何か話していたの？二人きりで。ひょっとして火事のことを」

あのまま、盗聴器が見つかってからずっと放っておきっぱなしというか、何も話していなかった。何せ仁さんが死んでしまったんだから。

「何かわかったのね？　盗聴器の件から、磯貝さんは光くんにしか話せない事実を摑んだの？　それを話していたの？」

静かだけど、有無を言わせないっていうか、強いものをその口調に感じてしまった。僕を真っ直ぐに、文さんが見つめていた。

嘘はつけなかった。元々、仁さんに二人きりで話そうとしていたんだ。その結果、真実がそうだったなら、それは文さんにも伝わることだった。

「あくまでも、磯貝さんの推測なんだけど。そして、すっごく文さんにとってもひどいお話になってしまうんだけど」

「いいわよ」

こくん、と頷いた。

「眼の前で親が焼け死ぬって経験ほどひどいことなんかないと思うわ」

そう言うから、全部話した。磯貝さんが事実から推測した、ひどい〈お話〉を。〈秘密X〉も〈秘密Y〉も全部だ。

文さんは、驚きも怒りもしないで、じっと聞いていた。ときどき頷きながら。僕を見つめながら。

「この話を、仁さんに僕がしようと思っていたんだ。そうしたら、そのタイミングで」

電話が入った。ドラマじゃあるまいしって思ったけど、現実はドラマよりもドラマチックなんだってことを思い知った。

文さんは、そうね、って頷いた。それから、少し首を傾げて、薄く微笑んだ。

「さすが、刑事さんね。本当に、納得できる〈お話〉だわ」

「光くん」

頷くしかなかった。

「うん」

「それは、真実だと思うわ」

「え？」

「知っていたのよ」

「知っていた？」

こくん、と、文さんは頷いた。

「何を？」

「私が、青河玄蕃の娘ではないってことを」

息を呑んでしまった。

それが、自分でもわかった。これが息を呑む、ってことなんだって。

「え？　記憶が戻ったの？　知っていたって？」

文さんが首を横に小さく振った。

「記憶は戻っていないわ」

「じゃ、どうして」

「全ての記憶を失った私が、光くんが甥っ子だってことだけを覚えていたように、青河玄蕃が本当の父親ではない、ってことは、わかっていたの」

今度は眼を丸くしてしまった。百面相をしているみたいだ。

「どうして？」

わからないわよ、って小さく笑った。

「光くんが甥っ子ってことを覚えていたのが何故なのかわからないように、そのことだけを覚えていたのはどうしてなのか。人に言えることじゃなかったから、誰にも言わなかったけれど。でも、考えたわ」

静かに息を吐いた。

「私、〈青河文〉にとっては、それはとんでもなく印象的で衝撃的な事実だったんでしょうね。自分の父親が、本当の父親ではなかったというのは」

もちろん、そうだ。

「それは、誰に聞いたのかもわからない？」

首を縦に振った。

「覚えているのは、その事実だけ。〈私は父の娘ではない〉ってことだけ。いつから知っていたのか、誰に聞かされたのか、まったくわからない。でも、それが事実、とだけ覚えている。おそらくは父親か母親のどちらかに聞かされたんでしょうね。あるいは、その両方からか。だから」

あるいは、ひょっとしたら、って続けた。

「私が記憶が戻らないまでも、こうして青河家の娘として普通に暮らしているのに、今も両親のことをまったく第三者的な感情を持って考えられるのも、火事で焼死したのを知っているはずなのに、哀しみも苦しみも湧いてこないのは、それが関係しているのかもしれないわね」

何て言えばいいのかしら、と小首をかしげた。

「親への、不信感。あるいは憎悪？　恨み？　そういう言葉で言い表せるものならね。そういう感情を〈青河文〉は抱いていたのかも。ひょっとして光くんのことだけを覚えていたのは、ただ一人信頼できる、違うかな、唯一の何のしがらみもない身内として愛情を注いでいたからかもって」

「母さんにも、自分の姉にも何か思うところがあったってこと？」

「今の私には、姉さんが私のことを心から心配して、妹として愛してくれていることは伝わってくるけれど、その当時の私はどうだったのかしらね」

「十三歳も離れていれば、事情を知っていたのかも、と疑念を持っていた？」

文さんが頷いた。

「そういうことね。今となっては、記憶が戻らない限りわからないことだけど」

だから、って、文さんは大きく息を吐いて、一度天井を見上げた。

「磯貝さんの〈お話〉が真実かもしれないっていう裏付けは、少なくともひとつはあるのよ」

私が、実の娘ではない、という点だけはって。

文さんが言った。

☆

磯貝さんと二人きりで、美術館の駐車場の車の中で話すのも三回目になってしまった。

「カフェならそろそろ顔を覚えられますね」

そう言って磯貝さんがコンビニのコーヒーを飲んだ。

「車に乗るところを三回とも友達に見られていたら、怪しい関係なのかって誤解されますよね」

確かに、って二人で笑った。

「お店はどうですか？」

「特に問題もないです」

再開してから一週間が経ったけど、本当に特に問題はなかった。味の方も常連のお客様からは太鼓判を捺（お）されている。ただ、仁さんがいないっていうだけの話だった。

「そうですか。それは、まずは良かったです」

磯貝さんがそう言って、失礼、って煙草に火を点けた。煙が開けた窓の外へ流れていく。

「それで、ＬＩＮＥに残せない話というのは、あの件ですよね？」

「はい」

文さんに、磯貝さんの〈お話〉を全部話したこと。それから、文さんが言ったことを全部磯貝さんに教えた。さすがにこれをＬＩＮＥで送るのはどうかなって思ったんだ。ネットの海の中にそれが残ってしまうんだから。

話し終えたら、磯貝さんは、なるほど、って頷いた。

「驚かないですね」

「彼女に少し記憶が戻っている、というのはある程度想定内でしたからね」

「それは、文さんが火を付けた、ってことも考えられるって部分ですか。それを仁さんは悟って何もかも墓に持っていったってことも」

それは文さんさえも犯人の可能性があるってことで考えていたことだ。磯貝さんが、頷いた。

「彼女があの火事の現場にいた〈第五の人物〉という可能性は、もちろん考慮に入れていましたが、文さんにその事実の記憶がある、つまり記憶を失う前から知っていたとなると」

大きく煙草の煙を吐いた。

「いや、止めましょう」

苦笑いのような表情を見せた。

「終わってしまいました。真実を知っていたかもしれない仁さんの不慮の死という結末を迎えてしまいました。今更どうしようもありません」

少し笑いながら、僕を見た。

「終わりに、というのも変ですけど、あの二人には刑事として会ってきました」

あの二人？

「篠崎さんと加原さんですか？」

「そうです。まったく別件の適当な事情をでっちあげて、一人で会って話してきました。そして、釘を刺しておきました。あの火事の裏側にあるものを俺は知っているぞ、と。具体的に何がどうだとは言いませんでしたが、明らかにビビっていましたよ」

「本当ですか」

肩を竦めてみせた。

「たぶん、大丈夫でしょう。もうあの二人が〈銀の鰊亭〉に現れることも、手を出そうとすることもありませんよ。もしあったら言ってください。また脅しに行きます」

「篠崎さんで思い出したんですけど」

「何です？」

「篠崎さんが小火騒ぎの嘘をついたり〈レジデンス錦〉に出入りしていたのは、そこに〈太郎と花子〉を住まわせていたとかなってちょっと考えました」

「あり得ますね。脅して金を得るまでの間、とかですね」

うん、って頷いて、磯貝さんは首を横に軽く振って苦笑した。

「僕もＬＩＮＥでは言えない報告がありまして」

「何ですか」

「刑事を辞めようかと」

びっくりした。

辞める？

「どうしてですか？」

「署長の犯罪を見逃したかもしれない、という事実を抱えたまま刑事は続けられません。もちろん追及ももうできません。ましてや、恋人の父親です」

溜息をついた。

「普通に会えません。こう見えても結構固いんですよ僕は」

それは。

「何とも言えないんですけど。別れちゃうってことですか？　署長の娘さんとは」

「そうなるかもしれませんね。別れの理由をどうしようか、ずっと悩んでいます。いい言いわけはありませんかね？」

「無理ですよ」

大学生の若造にそんなことを訊かないでください。

「え、でも、辞めてどうするんですか？」

僕が心配してもしょうがないんだけど。

磯貝さんが、ニヤリと笑った。

「探偵事務所でも開こうかと思うんですけどね。相方に宮島でも誘って」

宮島先生。それはピッタリかもしれないけど。

「光くんどうですか。助手ってことでバイトをしませんか」

いや、それはムリだと思うけど。

〈銀の鰊亭〉での御挨拶のバイトもあるし。

解説

山前譲（やままえゆずる）
（推理小説研究家）

俳句の季語に「鰊群来（にしんくき）」というのがある。春、産卵期のニシンの大群が海岸に押し寄せ、雄の放精で海面が乳白色になってしまう現象が、すなわち「群来」がかつて北海道の日本海沿岸の各地でよく見られたことに由来する。ところが現代ではほとんど用いられていない。

明治から大正にかけて、ニシン漁は北海道経済を支える一大産業だった。京都の「にしんそば」に用いられる身欠きニシンやおせち料理に欠かせない卵のカズノコなど、もちろん食用としても流通した魚だが、それで消費し切れない分は、肥料の原料として重宝されたのである。

ニシン漁でまさに巨万の財を成した各地の網元は、競うように豪華な家を建てたという。「にしん御殿」と呼ばれているものだが、小樽（おたる）の「旧青山別邸」などは美術的にも貴重なもので、国の登録有形文化財になっている。今は「小樽貴賓館」となっていて、四季折々にさまざまな姿を見せる庭園を愛（め）でながら食事が楽しめるようだ。

そのニシンは、昭和期に入るとどんどん漁獲量が減って、一九五〇年代には北海道の西海岸からはすっかり姿を消してしまう。必ずしも乱獲のせいではないらしいが、流行歌でどこへ行ったのかと歌われるほどの衰退ぶりだった。だから季語としても過去のものになってしまったのだ。

ところがその「群来」が二〇一〇年代になると、最盛期ほどではないにしても小樽や留萌沿岸などで復活している。二〇二二年には、檜山管内乙部町で約百年ぶりに確認されたことがニュースになったりもした。

大学生になったばかりの桂沢光を主人公にした小路幸也氏の長編『〈銀の鰊亭〉の御挨拶』のメインの舞台は、かつて〈青河邸〉と呼ばれた明治の終わりに建てられた大邸宅である。その大邸宅のある港町でいちばんの有力者だった網元が、ニシンで儲けて、豪勢な日本家屋を建てたのだ。ニシンが捕れなくなってからは、一部を高級料亭旅館にして繁盛する。それが今も続く高級料亭旅館〈銀の鰊亭〉だ。その大邸宅の別邸である〈月舟屋〉で奇妙な事件が起こった。

火事が発生し、四人の焼死体が発見される。そのうちふたりは〈銀の鰊亭〉を経営していた光の祖父と祖母だったが、なぜか他のふたりの身元は分からないのだ。そして一体の腹部に鋭利な刃物で刺された痕があったのにもかかわらず、小動物によるコンセントからの漏電が原因の火事と結論づけられた。

その火事で光の叔母の文は記憶障害を起こしてしまう。なぜか唯一覚えていた身内の名前が甥の光だった。文が一年間の入院生活をおくったあと、彼女の手で〈銀の鰊亭〉の営業を再開するというタイミングで、大学生活をスタートした光が一緒に住むことになった。文をサポートしながら、火事の真相への視線を忘れることのない光の日常がまず描かれていく。そしてある日、大学から帰ろうとしている彼に、弁護士である父の知人の磯貝刑事が声をかけてきた。あの火事には色々な疑問点があると……。

小路作品といえばやはりまず二〇〇六年に始まった「東京バンドワゴン」シリーズを思い浮かべる人が多いだろう。明治十八年からつづく下町の老舗古書店に飛び込んでくる事件を、四世代の大家族である堀田家が解き明かしている。時が自然に経過していくロングタイムのホームドラマとして、じつに魅力的な作品世界だ。

タイトルにあるようにこの人気シリーズは東京が舞台だが（ときにはイギリスへ行ったりとヴァリエーションはある）、小路作品には、デビュー作でありメフィスト賞を受賞した『空を見上げる古い歌を口ずさむ』（二〇〇三）を初めとして、北海道や北海道と思しき土地を舞台にしたものが多い。

全国紙スポーツ記者の前橋絵里が札幌の北海道支局に飛ばされたところから始まるのは『スタンダップブル！』（二〇一二）である。続編が『スタンダップダブル！　甲子園ステージ』（二〇一四）と題されているように、高校野球がテーマとなっている。『ロング・ロング・ホリディ』（二〇一六）は札幌の繁華街の喫茶店でアルバイトをしている大学生を主人公にしての青春小説だった。

『ホームタウン』（二〇〇五）は札幌の百貨店に勤務する主人公と彼の故郷である旭川を結んでの家族小説とミステリーのアンサンブルで、私立探偵小説的なテイストも濃厚だ。「探偵ザンティピー」から始まるシリーズはなんとマンハッタンに住む私立探偵が、温泉旅館の若女将となった最愛の妹に誘われて北海道で探偵行をしている。マンハッタンと北海道の片田舎とのコントラストもひとつの味わいとなっている。

さらにユニークなキャラクターが札幌の街で絡み合う『札幌アンダーソング』（二〇一四）のシリーズなどがあるが、こうした舞台設定は北海道生まれの小路氏にしてみれば当然の流れだったろう。そして本作との関係ではやはり『壁と孔雀』（二〇一四）に最も注目したい。

警視庁のベテランSPが仕事で負傷し、休暇を取って二年前に事故死した母の墓参りのために、北海道へと向かう。母の実家は名家だが、今は祖父母と小学五年生の異父弟が住むだけである。その弟の異様な生活と街に起こる不審な事故が、しだいにミステリーとしての興味をそそっていく。母の故郷の町が来津平（らいつぴら）町と名付けられているように（クイーン作品ではライツヴィルという架空の町で事件がよく起こっていた）、大好きなエラリィ・クイーンの影響が濃厚である。

この『壁と孔雀』の、紙に落ちた一滴の赤いインクがじわじわと広がっていくような展開と家族にまつわるミステリーとしての興味は、『〈銀の鰊亭〉の御挨拶』に通底するものがあるのだ。

英語の慣用句に“Every family has a skeleton in the closet”というのがある。直訳すれば「どの家庭のクローゼットにも骸骨がある」となるけれど、骸骨は「秘密」の比喩である。誰もが絶対に知られたくない過去の秘密を、隠しているのではないだろうか……。それがこれまで数多くのミステリーの起点となってきたのは言うまでもない。

〈銀の鰊亭〉にも骸骨が隠されていたのだ。光と磯貝はさまざまな方向からその骸骨に迫っていく。身元不明の死体はいったい誰なのか？　本当に漏電だったのか？　謎が謎を呼び、そして絡み合っていく。ふたりの知力を尽くした探偵行にどんどん興味をそそられていくに違いない。もちろん平々凡々とした大学生活をおくるつもりだった光の成長物語としても、である。

このミステリーを特徴づけているのは高級料亭旅館の日常だ。とりわけところどころで紹介されているなんとも美味しそうな料理が、ストーリーの彩りとなっている。そんな大邸宅の歴史がしだいに一点に収束していくのだ。真相からは小路作品らしく家族というテーマが迫ってくる。

『〈銀の鰊亭〉の御挨拶』は二〇一八年七月から翌二〇一九年十月まで「小説宝石」に連載され、二〇二〇年二月に光文社から刊行された。刊行に際して「小説宝石」に寄せたエッセイで、高校時代、ハードボイルドほか多彩かつ個性的な創作活動をつづけている矢作俊彦（やはぎとしひこ）氏に夢中になり、〝〈心の師〉と勝手に決めて思っている〟とあったのはちょっと意外だった。もっとも小路作品も、〈のっぺらぼう〉をキーワードにしたデビュー作など、ミステリーという枠にこだわらずまさに多彩である。

歴史的な大邸宅にまつわる事件でユニークな謎解きが展開されていくこの長編には、なんと嬉しいことに続編がもう支度されている。二〇二二年五月にやはり光文社から刊行されているが、ちょっとネタバレしそうなので、そのタイトルをここに記すことはやめたほうがいいだろう。その続編では新たな御挨拶と新たなミステリアスな事件が——期待を裏切らない作品であることを保証しておく。

二〇二〇年二月　光文社刊
※この作品はフィクションであり、
実在の人物・団体・事件とは一切関係ありません。

光文社文庫

〈銀の鰊亭〉の御挨拶

著者　小路幸也

2022年6月20日　初版1刷発行

発行者　鈴木広和
印刷　新藤慶昌堂
製本　ナショナル製本

発行所　株式会社　光文社
〒112-8011　東京都文京区音羽1-16-6
電話（03）5395-8149　編集部
8116　書籍販売部
8125　業務部

ISBN978-4-334-79370-8　Printed in Japan

組版　萩原印刷

光文社文庫　好評既刊

三毛猫ホームズの仮面劇場　新装版　赤川次郎
三毛猫ホームズの危険な火遊び　赤川次郎
三毛猫ホームズの暗黒迷路　赤川次郎
三毛猫ホームズの茶話会　赤川次郎
三毛猫ホームズの用心棒　赤川次郎
三毛猫ホームズは階段を上る　赤川次郎
三毛猫ホームズの夢紀行　赤川次郎
三毛猫ホームズの闇将軍　赤川次郎
三毛猫ホームズの回り舞台　赤川次郎
三毛猫ホームズの証言台　赤川次郎
三毛猫ホームズの復活祭　赤川次郎
三毛猫ホームズの裁きの日　赤川次郎
三毛猫ホームズの夏　赤川次郎
三毛猫ホームズの秋　赤川次郎
三毛猫ホームズの冬　赤川次郎
三毛猫ホームズの春　赤川次郎
若草色のポシェット　赤川次郎

群青色のカンバス　赤川次郎
亜麻色のジャケット　赤川次郎
薄紫のウィークエンド　赤川次郎
琥珀色のダイアリー　赤川次郎
緋色のペンダント　赤川次郎
象牙色のクローゼット　赤川次郎
瑠璃色のステンドグラス　赤川次郎
暗黒のスタートライン　赤川次郎
小豆色のテーブル　赤川次郎
銀色のキーホルダー　赤川次郎
藤色のカクテルドレス　赤川次郎
うぐいす色の旅行鞄　赤川次郎
利休鼠のララバイ　赤川次郎
濡羽色のマスク　赤川次郎
茜色のプロムナード　赤川次郎
虹色のヴァイオリン　赤川次郎
枯葉色のノートブック　赤川次郎

光文社文庫　好評既刊

真珠色のコーヒーカップ　赤川次郎
桜色のハーフコート　赤川次郎
萌黄色のハンカチーフ　赤川次郎
柿色のベビーベッド　赤川次郎
コバルトブルーのパンフレット　赤川次郎
菫色のハンドバッグ　赤川次郎
オレンジ色のステッキ　赤川次郎
新緑色のスクールバス　赤川次郎
肌色のポートレート　赤川次郎
えんじ色のカーテン　赤川次郎
栗色のスカーフ　赤川次郎
牡丹色のウエストポーチ　赤川次郎
灰色のパラダイス　赤川次郎
黄緑のネームプレート　赤川次郎
焦茶色のナイトガウン　赤川次郎
狐色のマフラー　赤川次郎
改訂版　夢色のガイドブック　赤川次郎

ひまつぶしの殺人　新装版　赤川次郎
やり過ごした殺人　赤川次郎
招待状　赤川次郎
禁じられた過去　赤川次郎
行き止まりの殺意　新装版　赤川次郎
ローレライは口笛で　新装版　赤川次郎
黒衣聖母　芥川龍之介
女神　新装版　明野照葉
田村はまだか　朝倉かすみ
満潮　朝倉かすみ
平場の月　朝倉かすみ
実験小説ぬ　浅暮三文
三人の悪党　浅田次郎
血まみれのマリア　浅田次郎
真夜中の喝采　浅田次郎
見知らぬ妻へ　浅田次郎
月下の恋人　浅田次郎